中共中央宣传部宣传教育局

重读先烈诗章

中华书局

图书在版编目（CIP）数据

重读先烈诗章/中共中央宣传部宣传教育局编. —北京：中华书局,2016.6（2024.8重印）
 ISBN 978-7-101-11678-6

Ⅰ.重…　Ⅱ.中…　Ⅲ.诗集-中国-现代　Ⅳ.I226

中国版本图书馆 CIP 数据核字（2016）第 062437 号

重读先烈诗章
中共中央宣传部宣传教育局

责任编辑　欧阳红
责任印制　陈丽娜
策划编辑　欧阳红
装帧设计　周　玉
出版发行　中华书局
　　　　　（北京市丰台区太平桥西里 38 号　100073）
　　　　　http://www.zhbc.com.cn
　　　　　E-mail：zhbc@zhbc.com.cn
印　　刷　三河市中晟雅豪印务有限公司
版　　次　2016 年 6 月第 1 版
　　　　　2024 年 8 月第 6 次印刷
规　　格　开本/787×1092 毫米　1/16
　　　　　印张 14¼　字数 100 千字
印　　数　250001-256000 册
国际书号　ISBN 978-7-101-11678-6
定　　价　26.00 元

出 版 说 明

　　为在广大党员干部和青少年中深入开展理想信念教育，积极培育和践行社会主义核心价值观，我们选取100位革命先烈的遗诗，编辑了《重读先烈诗章》。诗以明志，言为心声。这些先烈诗章，展现了坚定的理想信念、崇高的道德风范和大无畏的革命英雄主义气概，是进行革命传统教育和社会主义核心价值观教育最鲜活、最生动的教材。

中共中央宣传部宣传教育局

2016 年 4 月

目　录

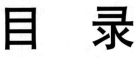

1 李慰农

游采石乘轮出发

浩浩长江天际流，
风吹乐奏送行舟。
问谁敢击中流楫？
舍却吾侪孰与俦！

　　李慰农（1895—1925），曾参加五四运动，后赴法勤工俭学，与赵世炎、周恩来等在巴黎成立旅欧中国少年共产党，后曾入莫斯科东方大学学习。1925 年回国后，领导青岛五卅反帝爱国运动。同年 7 月，被反动军警逮捕，随即被秘密杀害，时年 30 岁。这首诗中所写的"采石"，为今安徽省马鞍山市长江东岸的采石矶。诗的起句是写作者独立船头，临风而立；江水浩荡，激荡着诗人的心潮，激励着他乘风破浪向前行。"中流楫"出自《晋书·祖逖传》中祖逖中流击楫，发誓要收复中原的典故。

饱受帝国主义列强的欺凌又历经了数千年封建主义禁锢的近代中国，使诸多李慰农这样的有志青年深深为国家的前途和命运担忧，他们以激昂的斗志和信念投身于革命的洪流之中。诗人心中炽烈的爱国之情和强烈的民族责任感促使他发出"问谁敢击中流楫？"这样的探问。紧接着，他无比自信地傲然答道："舍却吾侪孰与俦！"舍我其谁，这是"天下兴亡，匹夫有责"的赤子情怀和主人翁意识，也正是这样质朴的情感和情怀使得无数年轻的仁人志士愿为革命事业抛头颅、洒热血，成为革命事业的中流砥柱。

2 王尽美

无情最是东流水

无情最是东流水，
日夜滔滔去不停。
半是劳动血与泪，
几人从此看分明。

王尽美（1898—1925），中国共产党的创始人之一，是山东党组织早期的组织者和领导者。他曾参加五四爱国运动，发起创建济南共产党早期组织。1921年出席中共一大，后任中共山东区支部书记、中国劳动组合书记部山东分部主任。中共二大后，曾被留在中央负责领导工人运动。

1925年夏在青岛病逝，时年27岁。1922年，王尽美创办《山东劳动周刊》，在该刊上发表了这首《无情最是东流水》。看题目和诗的前两句，可能会以为这是一首再寻常不过的文人雅士咏叹时光流逝和节物变迁的诗，然而看到后面才知道，前面的这种古色古香的吟咏原来只是一次草蛇灰线般的起兴，铺垫和造境既已完成，第三句便开始语意突转，单刀直入地切换到预设的主题上来：黑暗统治下的工人，背负着帝国主义、封建主义和官僚资本主义三座大山的沉重压迫，日日夜夜辛苦劳作却不被关注。直到有了中国共产党，他们被遮蔽的苦难才水落石出，沾染着点点滴滴的血泪。20世纪20年代，写劳工苦难的诗很多，但将日夜滔滔去不停的一江流水比作劳工血泪，无疑是神来之笔，足够令此诗迥出侪辈。"几人从此看分明"，则又将诗意带入另一重境界：作者已然感到劳工血泪如东流水般深重浩大，然而放眼世间，又有几人看得分明，并且放在心上？作者作为无产阶级革命家对劳动人民的深深关切，此时已跃然纸上。正是肩负着这种救国救民重任投身革命工作，作者鞠躬尽瘁，终于积劳成疾，27岁便因病与世长辞。所幸，其人虽已殁，其心系天下关怀劳工的精神却留在世间，与诗长存。

3 李大钊

口占一绝

壮别天涯未许愁，
尽将离恨付东流。
何当痛饮黄龙府，
高筑神州风雨楼。

　　李大钊（1889—1927），中国最早的马克思主义者和共产主义者、中国共产党的主要创始人之一。他曾组织建立中国第一个马克思学说研究会，筹建中国共产党，领导建立北京共产党早期组织，负责党在北方的全面工作。1927年被奉系军阀逮捕后英勇就义，时年38岁。这首

1916年春创作于日本的《口占一绝》，是诗人以百折不回的雄健之心，穿越沧海，誓挽狂澜的爱国宣言。"壮别天涯未许愁，尽将离恨付东流。"一个"壮"字，引领全篇，气势逼人。面对衰败的祖国、凄冷的现实，他没有颓唐，更无暇愁闷，而是一反情境、语境的限制，于孤苦之境作豪放之语。"痛饮黄龙府"，这个源自民族英雄岳飞的经典故事，被作者巧妙生发，赋予了重整河山、再造中华的强烈象征和丰富寓意，最终在诗的结句，托举出"高筑神州风雨楼"的宏伟愿景。李大钊曾说过："绝美的风景，多在奇险的山川；绝壮的音乐，多是悲凉的韵调。"他的生命和诗歌，就是这种高尚价值观的践行。尽管38岁就牺牲在绞刑架下，但他波澜壮阔的一生，"为主义而来，为主义而去"，直至今日仍亮耀天宇，诠释着追求真理的赤诚和无悔。

4 田波扬

我 要

我要放出更强烈的火光，
照破人世间的虚伪和欺诈。
我要锻炼成尖锐的小刀，
刺破人与人之间的隔膜。

当我们翻开中国革命的历史画卷，回顾先辈们那些可歌可泣的历程时，常常会被他们为实现理想而抛头颅洒热血的奋斗牺牲精神所感动、所鼓舞。不过，我们也许很少去深究他们心目中理想的具体内容。不假思索的说法是，他们的理想就是砸烂一个旧世界，建设一个新世界。这没错，但毕竟有点大而化之。如果我们能够静下心来，通过先辈留下的诗文，也许会发现，他们的内心世界，远远比我们想象的深邃得多，丰富得多。他们心目中的理想，绝不仅仅是一张空泛的蓝图，而是有着许许多多扎实的、具体的、可触可感的真实内容的实践指南。田波扬烈士留给我们的这首《我要》，就是一个例子。田波扬（1904—1927），早年参与组织和领导湖南长沙等地的学生运动，并组织工农群众和青年学生支援北伐战争。曾任共青团湖南省委宣传部长、团省委书记。1927 年由于叛徒告密在长沙被捕，随即被枪杀，时年 23 岁。

在诗中，作者的思考是非常深远的。他的痛感在于，"人世间的虚伪和欺诈"和"人与人之间的隔膜"不仅是腐朽制度的温床，也是革命者实现理想的巨大障碍，而"照破"这种"虚伪和欺诈"，"刺破"这种"隔膜"，也应该是实现革命理想的必然选择和革命理想的应有之义。

5 赵世炎

远望莫斯科

我们站立在巴黎铁塔顶上，
高处不胜寒，
一片茫苍苍。
翘首远望，
遥指北方，
万千风光，
令人神往！
听呵！列宁在演讲，
人民群众在拍掌，
《国际歌》响震云霄，

欢呼口号声若狂。
看呵！满天大雪，
无数红旗飘扬；
工农武装，
打倒了沙皇，
赶走了豺狼，
肃清着奸匪，
保护着党。
让我们齐声高呼：
共产主义万寿无疆。

如果说巴黎曾是五四青年心中民主和真理的象征，那么，当留法学子真正来到"一战"后的欧洲，在残破的文化荒原上寻找梦想时，现实和理想的强大落差却使他们陷入迷惘，感到"一片茫苍苍"。曾经的法国大革命已成为一个世纪前的绝响，无论《人权宣言》还是资产阶级宪法，一切都显得过于空虚，无力拯救军阀混战、积贫积弱的中国。因此，当"我们站立在巴黎铁塔顶上"，却无比失落，只能面对苍茫无语的天空。然而，作为中国共产党旅欧支部创始人之一的赵世炎，是不会在迷茫中消沉的。赵世炎（1901—1927），中国共产党早期杰出的无产阶级革命家、著名的工人运动领袖。他早年赴法国勤工俭学，与张申府、周恩来等发起成立旅法中国共产党早期组织。回国后，先后任中共北京地方执委会委员长、中共北方区执委会宣传部部长兼职工运动委员会主任，协助李大钊领导北方各省斗争。1927年参与领导和指挥上海工人第三次武装起义，后出席中共五大并当选为中央委员。同年由于叛徒出卖被捕，不久英勇就义，时年26岁。1922年底，他和王若飞等人即将赴莫斯科中山大学学习，临行前登上埃菲尔铁塔，写下了这首热情澎湃的诗篇。年仅21岁的青年赵世炎，用澄澈的目光跨越天宇，"翘首远望，遥指北方"。啊，终于找到了！十月革命后的苏维埃政权，具化为他心中旭日初升的共产主义理想国，那"万千风光，令人神往！"这种登高望远的狂喜，使作者告别了苦闷，看到了人类的一轮朝阳在那片苍茫大地冉冉上升："听呵！列宁在演讲，人民群众在拍掌，《国际歌》响震云霄，欢呼口号声若狂。"精短灵动的语句，构成几组复合式声浪，但这声浪不是噪杂无序的，而是彼此应和、层层放大的，颇有阳关三叠的韵味。诗的语言色彩更是绚丽灼目，满天大雪中无数红旗飘扬，以红与白的强烈对比，构成画面的高度凝练；工农武装的几大功勋，则在这历史画面中以激烈的排比句，喷射而出。

6 帅开甲

扫尽人间贱丈夫

湖光山色任萧疏，
客里怀思人影无。
为怀故人憔悴尽，
茂陵风雨病相如。

怕展中原离乱图，
伤心使我对愁书。
何时拔起秦横剑，
扫尽人间贱丈夫。

这两首诗是帅开甲在狱中所作，诗的题目即是作品的主旨。帅开甲（1899—1927），早年加入中国共产主义青年团，后转为中共党员。在家乡江西永丰开展工会工作，曾领导反击国民党右派叛变革命的斗争。1927年在南昌英勇就义，时年28岁。当时尽管自己身陷囹圄，生还希望渺茫，帅开甲却早将个人的生死存灭置之度外。让他心心念念不能释怀、不忍面对的，仍是中原离乱、国家危亡的惨淡图景。他胸中的愁闷，郁郁难平，梦魂不安，忍不住"对愁"奋笔疾书。面对祖国大好河山妖氛弥漫，豺狼当道，革命志士流血牺牲，瘗骨荒野，诗人恨不得手中能有一把秦时利剑，扫荡寰宇，肃清黑暗势力，将那些荼毒人民、打压革命的"人间贱丈夫"一扫而光！诗中漫溢出来的幽愤，显示出帅开甲百折不挠的战斗意志，即便革命事业遭遇百般曲折，却仍怀着一往无前的信念。

7 蔡济黄

诗一首

明月照秋霜，
今朝还故乡。
留得头颅在，
雄心誓不降。

　　蔡济黄（1905—1927），在武汉求学时受董必武影响和培育，信仰共产主义，立志为中国人民的翻身解放奋斗终生。他曾组建农民自卫军，参与领导黄麻起义。1927年底被捕后即遭杀害，时年22岁。这首诗写于蔡济黄牺牲前不久，当时黄麻起义遭受挫折，血雨腥风笼罩一时。在这种背景下，蔡济黄不畏强暴，毅然地踩着遍地的荆棘和霜冻，回乡迎接更大的风暴。诗的前两句直写眼前景和眼前事，令人想起李白的《静夜思》，韵脚和意境是那么的相似。但是，作者怎么会停留在这淡淡的乡愁上！后两句笔锋陡转，奋起反抗的正义力量虽然是历史发展的潮流和必然趋势，谁也不能阻挡，但夺取胜利的过程，却是异常艰辛、曲折，很多时候甚至是惨烈的。因此，既然投身革命，哪怕身边的同伴一个个倒在血泊中，也不能退缩，更不能屈膝投降，而应前赴后继，踏着先烈的血迹前进，随时准备掉脑袋。"留得头颅在，雄心誓不降"两句，表达的即是这种坚定不移的信念。

8 杨 超

就义诗

满天风雪满天愁，
革命何须怕断头？
留得子胥豪气在，
三年归报楚王仇！

　　这首《就义诗》，因杨超烈士就义时高声朗诵而广为
流传。杨超（1904—1927），在北京大学加入中国共产党，
回到家乡江西重建党的组织，先后在湖北、河南、江西等
地从事革命工作。八一南昌起义后，组织德安农军举行武
装暴动，被捕后在南昌就义，时年23岁。"满天风雪满天愁"，

诗的第一句就把人们带到险恶的白色恐怖中，给全诗奠定了悲壮寥廓的基调，为下文的从容就义作了铺垫和渲染。第二句肯定地反问道："革命何须怕断头？"更加强烈坚定地表达了作者不怕牺牲的革命精神。三、四句"留得子胥豪气在，三年归报楚王仇"，引用了伍子胥替父兄报仇的典故，强调自己的气节和与旧世界势不两立的坚定立场。春秋时代，伍子胥的父亲和哥哥被楚平王无辜杀害，冤情滔天。伍子胥逃到吴国，在取得吴王的信任后，起兵打回楚国。当时楚平王已死，伍子胥掘墓鞭尸，报了深仇。烈士的后两句诗，意在说明革命必将获得胜利，烈士的鲜血不会白流，就算他死了，也会有人继承他的事业继续革命，消灭敌人，表达了革命者前赴后继的决心和革命到底的信念。杨超的这首著名的《就义诗》，充分体现了烈士在风雪满天的旧中国里，为拯救国家和民族的命运，不惜喋血牺牲的壮志豪情和革命气节。最终，他以自己年轻的生命践行了在诗中表达的豪情壮志，浩荡正气，感人至深。

9 袁玉冰

二十初度感怀

光阴去我太匆匆，
忽忽年临二十中。
矢愿从今坚立志，
要为世界主人翁。

这首《二十初度感怀》，是袁玉冰为自己的 20 岁生日所写。袁玉冰（1899—1927），参加过上海工人第一次武装起义，曾任共青团江西区委书记、中共江西区委宣传部长、赣西特委书记等职。1927 年被捕后英勇就义，时年28 岁。从诗里可以看出，他感到有大量的工作亟待完成，

而时间又过得太快，为没能更多地建功立业而心焦。"矢愿从今坚立志，要为世界主人翁"，坦荡而沉郁的诗句由心而发，真挚、赤诚；有深情、有浩气，是壮怀激烈、"以诗为证"的心灵写照。袁玉冰曾慷慨激昂地说过："人生难免一死，若碌碌一生，专为衣食着想，苟且偷生，虽生犹死。能为广大民众谋利，为社会造福，即便死于明日，我也心甘情愿。"这段话，是对他这首《二十初度感怀》自勉诗的最好诠释，表现出作者心怀天下的凌云壮志。

10 周文雍

绝笔诗

头可断，肢可折，
革命精神不可灭。
壮士头颅为党落，
好汉身躯为群裂。

　　这首诗是周文雍烈士牺牲前，在监狱的墙壁上写下的。周文雍（1905—1928），广东早期革命斗争主要领导人。受上级委派，他与陈铁军假扮夫妻，到广州重建党的机关和组织。由于叛徒出卖，他们同时被捕。周文雍与在革命斗争中建立起深厚情感的陈铁军一起，在广州红花岗刑场举行了悲壮的婚礼并从容就义，时年 23 岁。烈士在自己将要就义之际写下这首绝笔诗，表明了自己最真实、最坚定的信念：纵使头颅被斩断，身体被肢解，但革命精神决不会被磨灭，并将与敌人斗争到底，体现了一个革命者对党的事业坚贞不屈的态度和立场。诗里的"壮士"和"好汉"，被作者赋予了崭新的意义。壮士，是甘愿为党抛头颅洒热血的烈士；好汉，是为人民的解放事业勇于牺牲的英雄。周文雍这首诗采用古汉语入声字为韵脚，语音短促有力，慷慨当歌的革命气概扑面而来。

11 欧阳梅生

和《城南留别》

干戈遍野有鸿哀，
浩劫沉沉挽不回。
太息苍生谁是雨？
剧怜故我强持杯。
鲁连好洁登高去，
陶令怀清袖菊来。
江汉楚氛悲恶甚，
未堪回首赫曦台。

1918 年，时任湖南第一师范学校校长的孔昭绶因不满黑暗统治而被迫辞职，并作《城南留别》送别同事和学生。思想进步的同校学生欧阳梅生闻悉此事，写了这首七言律诗《和〈城南留别〉》。欧阳梅生（1895—1928），在长沙修业小学任教时，开始从事革命宣传活动，曾动员全家人走上革命道路。1928 年 2 月 13 日，因工作过度操劳病逝于医院，时年 33 岁。诗中前四句表达了对人民疾苦的强烈同情，对动荡时局的深切忧虑。五、六句巧用典故，并生动贴切地转借到校长孔昭绶身上。他认为，孔昭绶就像战国时代齐国人鲁仲连功成身退那样品格高尚，又像东晋采菊东篱下的陶渊明一般不肯为五斗米折腰。诗人赞扬孔昭绶的人品，同时表达了自己必须磨炼节操、自修品行的志向。七、八句抨击了两湖地区军阀割据混战，造成社会动荡、兵荒马乱的局面，同时哀叹孔昭绶的辞职，使自己顿生离愁别恨。这首诗歌颂光明，抨击黑暗，赞扬品格高尚的志士，在反映社会矛盾、渲染环境气氛和表达思想感情方面，收到了明显的效果，使作品的思想内涵更加厚重，感情色彩更为鲜明。

12 王幼安

就义诗

马列思潮沁脑骸，
军阀凶残攫我来。
世界工农全秉政，
甘心直上断头台。

这首诗是王幼安烈士在牺牲前夕写下的。王幼安
（1896—1928），1925年加入中国共产党，是中共麻城特
别支部创建人之一。后在为黄麻起义军准备武器时被捕。
1928年被杀害，时年32岁。和许多烈士的就义诗相比，
这首诗写得简洁、平实、温润、敦厚，即便是最后一句，

读来也十分从容镇定，仿佛面对一群亲人、学生或同道的询问。他清楚地知道，要奋斗就会有牺牲，为了给世界工农争取主人翁的地位，去牺牲是值得的，也是自己心甘情愿的。他坚信，在世界范围内，劳动人民当家做主的时代一定会到来，与此相比，个人的牺牲就算不了什么了。在生死关头，他没有后悔，也没有对自己境遇的忧虑，他想得更多的是全世界的工农大众。人说，文如其人，诗如其人。这首平静而短小的诗作，正是烈士伟大人格的真实写照。透过平实的文字，我们能够真切地感受到作者胸膛中热流的涌动。正因为如此，那不事修饰的言辞，才有更加动人心弦的温度。

13 王达强

勉 励

自叹青春运不齐，
山河破碎又支离。
胸怀东海波涛阔，
气压西江草树低。
怨处每时思国恨，
闲来挥笔写新诗。
男儿未展凌云志，
空负天生五尺躯。

　　这是一首非常优秀的诗歌，作品语词运用恰切、精当，对仗工整，疏密有致，情绪贯通，表现出王达强很高的文化修养和诗歌创作能力。王达强（1901—1928），是党的早期地方组织工作者，曾任中共武昌、汉阳县委书记，共青团湖北省委书记兼京汉铁路总指挥、湖北省委常委。1928年被捕后英勇就义，时年27岁。他学养深厚，思维旷达，思想坚定，旗帜鲜明。我们读了这首诗，很容易想到岳飞的《满江红》和文天祥的《正气歌》。因为它既有文人志士的情怀，又有共产党人的气魄。见热血，见肝胆，见抱负。一句"男儿未展凌云志，空负天生五尺躯"，表心志，表勇气，表担当。王达强被捕后，敌人连夜提审，软硬兼施，并以高官厚禄对其招降，但均告无效。他牺牲前留下的最后一句话是："头可断，血可流，志不可屈。"这些铿锵地砸向旧世界的诗句最终谱写了一曲时代悲歌。在狱中，他把监狱的墙壁当纸，题写了七首诗歌，被称作《七歌》。这七首诗，首首发自肺腑，句句感人至深。现录《七歌》之一，对解读这首《勉励》也许大有帮助："有客有客居汉江，自伤身世如颠狂。抱负不凡期救世，赢得狂名满故乡。一心只爱共产党，哪管他人道短长？我一歌兮歌声扬，碧血千秋吐芬芳。"

14 邓雅声

绝命诗（之一）

平生从不受人怜，
岂肯低头狱吏前！
饮弹从容向天笑，
永留浩气在人间！

邓雅声（1902—1928），1925年加入中国共产党，曾任中共黄梅地方执委会组织委员、湖北省农民协会秘书长、京汉路南段特委书记。1928年初赴武汉向省委汇报工作时被捕，不久在汉口英勇就义，时年26岁。在狱中，他用"等闲吾戴吾头去，留些微痕血海中"、"不死沙场死牢狱，三年埋血恨难平"、"饮弹从容向天笑，永留浩气在人间"的诗句，有力回击了敌人的百般诱惑与严刑拷打。牺牲前，在给熊竹生老师的遗书中，他挥笔写下了绝命诗四章，这首诗就是这绝命四章之二。"平生从不受人怜，岂肯低头狱吏前！"诗一开头就直抒胸臆：他这一生，从来不接受人们的怜悯，而作为一个革命者，更是宁愿站着死，也不能向敌人低眉屈膝，苟且偷生。"饮弹从容向天笑，永留浩气在人间！"从容赴死，慷慨激扬；仰笑苍天，凛然刑场！这首绝命诗的字里行间，充分表现了邓雅声决心为党、为人民流尽最后一滴血的坚定立场，表现了共产党人在敌人屠刀下宁死不屈的高贵品质。

15 夏明翰

就义诗

砍 头 不 要 紧,
只 要 主 义 真。
杀 了 夏 明 翰,
还 有 后 来 人。

　　这是夏明翰临刑前留下的遗诗。当时反动派问他有什么话说,他说:"有!"索了纸笔,一挥而就,这就是我们今天看到的仅有二十个字的《就义诗》。夏明翰(1900—1928),湘赣农民运动领袖和湖南、湖北早期党组织重要领导人。他早年在湖南从事农民运动,培养了大批骨干和积极分子。曾任中共湖北省委常委，1928 年在武汉被捕后英勇就义，时年 28 岁。这二十个字，每个字掷地可作金石之声；每个字，都无比珍贵。这是典型的用热血、用大爱、用信念、用生命写就的诗。诗的前两句，体现了夏明翰作为一名共产党员矢志不移的信仰，同时，也是他在革命实践中的深沉思索。后两句中，既有视死如归的豪迈与从容，也有对革命充满希望的判断和展望：革命者之所以舍生忘死，前仆后继，是因为他们坚信共产主义的理想一定能实现。这首诗呈现出来的，是一个为民族为国家为真理毫不犹豫地抛头颅洒热血的英雄形象，他顶天立地，浩气长存，没有任何力量可以将他摧垮。因为难以企及的精神高度和对灵魂的极大震撼力，这首《就义诗》当之无愧地成为革命先烈诗歌中的经典之作。

16 陈逸群

狱中杂吟 （之一）

精神彪炳心气正，
口号随着枪声听。
横眉怒目扫恨天，
野多忠骨少归榇。

陈逸群（1902—1928），1923 年加入中国社会主义青年团，后加入中国共产党。秋收起义前后积极在铜鼓进行革命活动。1927 年被捕，次年牺牲，时年 26 岁。这首诗是作者在狱中所写，真实再现了革命战争的残酷现状。"精神彪炳心气正，口号随着枪声听"，一、二两句写战士们

精神焕发，心气正高，如龙似虎，只要一声令下，虎贲们便会冒着枪林弹雨勇敢地去冲锋陷阵。"横眉怒目扫恨天，野多忠骨少归椁"，三、四两句写他们个个横眉怒目，要一扫这民不聊生的乱世，建立新的中国，然而，所付出的代价也是很高的，野外到处可见不能放进棺材回归故乡的忠骨！全诗一气而下，浑然一体，字里行间似有千军万马，杀声惊天动地，读时令人热血沸腾。结句尤其感人肺腑，催人泪下，有着很强的艺术感染力。《狱中杂吟》歌颂革命者"视死忽如归"的大无畏精神，控诉反动派罄竹难书的罪行，至今仍在警示我们，应当万分珍惜当下这来之不易的和平生活。

17 向警予

溆浦女校校歌

美哉，庐山之下溆水滨，
我校巍巍耸立当其前。
看呀，现在正是男女平等，
天然的淘汰，触目惊心。
愿我同学做好准备，
为我女界啊大放光明。

向警予（1895—1928），我国妇女运动的先驱、中共
早期妇女运动的主要领导人。曾担任党中央第一任妇女部
长，在妇女解放运动史上作出过不可磨灭的贡献。大革命

失败后，她主动要求留在武汉坚持地下斗争。1928 年由于叛徒出卖被捕，不久牺牲，时年 33 岁。

仿佛一面晶莹剔透的明镜，创作于新诗诞生前夜的这首《溆浦女校校歌》，照射出民国初年沐浴着启蒙教育荣光的新女性，那姣好明媚而又踔厉风发的容颜。"美哉，庐山之下溆水滨，我校巍巍耸立当其前。"气势饱满的"巍巍"二字，借助叠词的强烈力量感，托举出一群新女性卓尔不群、搏击潮头的豪迈风范。"看呀，现在正是男女平等，天然的淘汰，触目惊心。"歌词节奏看似单纯，实则饱蕴着颠覆传统秩序的激情；干净洗练的白话文、情感浓烈的对话体、跌宕起伏的感叹词，都如暴涨的春水，发出一泻千里、击石裂云的铮铮之声。

恰如黎明前晦暗朦胧的瞬间，20 世纪之初是一个革故鼎新的时代。在中国女性主义初显雏形之时，走出周南女校不久、刚满 21 岁的向警予，就自任家乡溆浦女校校长，以新式课程和数百女学员的规模，奋力实践乡村女性教育。她以"天然的淘汰，触目惊心"来警醒女校师生和女界同仁，这种深刻的心灵体验，是一个女性用鲜花盛开般的生命，向自由、平等和尊严发出的世纪呼唤。

18 刘象明

宝塔诗

哼

农 民

好 伤 心

苦 把 田 耕

养 活 世 间 人

看 世 上 的 人 们

谁 比 得 我 们 辛 勤

热 天 里 晒 得 黑 汗 淋

冷 天 里 冻 得 战 战 兢 兢

反 转 来 要 受 人 家 的 欺 凌

请想想这该是怎样的不平
农友们赶快起来把团体结紧
结紧了团体好打倒那土豪劣绅

　　刘象明烈士的《宝塔诗》，发表在1927年2月出版的《湖北农民》第14期上，影响很大，在当时引起强烈的反响。刘象明（1904—1928），早年受董必武教育和影响投身革命，不久加入共产党。曾任中共麻城县委委员、县农民协会委员，参加黄麻起义的发动工作。起义失败后，于汉口龙家巷被捕，1928年牺牲，时年24岁。刘象明的这首《宝塔诗》之所以有力度，是因为作者有一种博大的革命情怀。它说的是农民的话，写的是农家事，浅显易懂，明白如话，直指要害，直指人心。诗中所写的事，都是农民的苦难和遭遇，都是农民的命运，都是农民的所思所想。字字血，声声泪。满纸都是控诉，满纸都是诗人情怀，满纸都是正义之声。诗用宝塔的形式，是因为宝塔象征着一座山，只要农民团结起来，就会像山一样高大有力量，无往而不胜。

19 熊亨瀚

客中过上元节

大地春如海，
男儿国是家。
龙灯花鼓夜，
长剑走天涯。

　　这首诗明快、坚定，透露出一位革命者决绝、勇敢的
革命信心。诗中的"上元节"，即传统的元宵节，是中华
民族重要的传统民俗节日，每当元宵到来，人们常以挂龙
灯、打花鼓、放焰火的方式来欢庆佳节。但在国家动乱、
时局震荡之际，很多热血男儿却志在四方，无法与家人共

度节日，要到遥远的地区去从事武装斗争。熊亨瀚（1894—1928），早年参加辛亥革命和反对袁世凯的斗争，1926 年加入中国共产党后，积极投身湖南大革命运动。1928 年被捕后在长沙英勇就义，时年 34 岁。这首诗的一、三句"大地春如海"、"龙灯花鼓夜"描写了春来大地的盛景与民间欢庆上元节的盛况，二、四句"男儿国是家"、"长剑走天涯"表达了作者舍家为国、坚定革命的伟大志向，为我们呈现出一位革命者舍家为国的伟岸形象。

20 汪石冥

牙刷柄题壁诗（之一）

横剑跃马几度秋，
男儿岂堪作俘囚？
有朝锁链捶断也，
春满人间尽自由。

《牙刷柄题壁诗》写于1928年，是汪石冥烈士在狱中用牙刷柄做笔，题写在囚室石灰墙壁上的。汪石冥（1902—1928），早年在泰安纱厂、申新纱厂等工人区域进行革命活动，后调湖北省委军委工作。1928年湖北省委派他运送一批武器给鄂东特委。在预定接头地点，遭埋伏的特务逮捕，后被杀害，时年 26 岁。诗歌共四首，这是其中之一。"横剑跃马几度秋，男儿岂堪作俘囚？"作者用十四个字的篇幅回顾了自己入党以来的革命历程：这么多年来，横剑跃马，与敌人真刀真枪地展开斗争，是何等快意的事啊。好男儿志向坚定，牢狱的枷锁又怎么能锁得住我？就算你们锁得住我的身体，却锁不住我向往革命的志向。"有朝锁链捶断也，春满人间尽自由"，是说终有一天，我会将这锁链捶断，那时候自然是春满人间，到处都传递着自由的消息。诗人以诗言志，整首诗传递着一种顽强不屈的革命精神和对自由的渴望。但诗歌不局限于个人的信念和渴望，"锁链捶断"和"春满人间"这两个意指，是当时所有革命者，甚至整个中华民族的伟大理想。"锁链捶断"既是捶断拷在革命者手腕上的锁链，更是捶断反革命统治下套在民众命运中的枷锁。而"春满人间"则是对理想生活的歌颂、渴望和向往。正因为有无数先辈、无数共产党员怀着坚定的革命信仰，不断斗争，不停前进，中华大地才会发生翻天覆地的变化，才会开满春天般的花朵。

21 俞昌准

慰各地遭压迫的工农同志们

我们同志团结起，叫敌人发抖！
遭散开，叫敌人坐卧不安！
我们同志排列着，叫敌人飞逃！
开步走，叫敌人进入墓堂！
我们有淹没千军的血和汗，
我们有吓退万马的呐喊！
敌人有机关枪大炮，
我们有的是斧头和镰刀！
敌人眼前的凶狞，
是我们将来骄傲的象征！

敌人极度的淫威，
是他最后残喘的挣扎！
同志们！我们的胜利哟，
近在咫尺！

俞昌准（1907—1928），早年曾任中共芜湖特别支部委员和共青团芜湖特委宣传部长，组织群众支援北伐战争。大革命失败后在谢家坝领导成立南芜边区苏维埃政府，任主席。1928年因叛徒出卖被捕入狱，不久被杀害，时年21岁。俞昌准有着高度的政治素养和坚定的政治信念。面对工农大众遭受到的压迫，他没有慌张，没有彷徨，没有退缩，号召"我们同志团结起，叫敌人发抖"。这首诗接着以练兵场景展开，"遣散开"、"排列着"、"开步走"，烘托出一种队列的美，一种战士的气节和力量。第二部分，从点向面、由外及里开始推进：我们如此一如既往地向前迈进，我们的血和汗便可以"淹没千军"，我们的呐喊便可以"吓退万马"。眼前敌人越凶残越狰狞，将来就越能给我们赢得骄傲，这一哲学层面的转换，使诗意得到了升华，透出了英雄气概，显示了义无反顾的革命精神，自然而然地激发出了胜利"近在咫尺"的自信。

22 朱也赤

就义诗（之一）

为主义牺牲，
为工农死节。
不负天地生，
无污父母血！

朱也赤（1899—1928），1925 年参加中国共产党，曾任中共茂名县党支部书记、茂名县农协筹备处主任等职，并在广东信宜组织领导过农民暴动，后在南路特委机关工作。1928 年由于叛徒出卖被捕，不久壮烈就义，时年 29 岁。朱也赤的这首诗很有特点，在这里，我们可以找到几个关键词：主义、工农、天地、父母。可以说，这四个关键词构成了作者的写作风格。短短的四句，每一句都是一层意义，一层递进。第一句表达的是对信仰的坚守，那就是为了"主义"而牺牲，"主义"就是他心里最崇高的信念。第二句将"主义"落实到了实地，即为广大工农而奉献所有。这种虚实相应，结合得紧密坚实，错落有致。第三句书写身为男儿对天地的深情。竖立在我们面前的，是一个顶天立地的男子汉形象，是中国的脊梁，是对这片生养他的土地的回报。第四句则回归到了父母之血，他作为父母所生、大地之子，感到问心无愧，因为他没有玷污自己的名声，也没有背叛这片土地与生身父母。这里饱含了一个革命者的拳拳之心，那软柔的人子之爱，读起来，一声声拨动着我们的心弦，唤起我们内心最深处的柔情，使伟大的牺牲更加意义非凡。

23 何挺颖

再寄谢左明

四万万人发吼声，
火山爆发世界惊。
中国有了共产党，
散沙结成水门汀。

　　这首诗是革命烈士何挺颖在五卅惨案之后写下的。何
挺颖（1905—1929），井冈山时期我军著名的军事指挥员。
他早年从事工人运动，后参加北伐战争和秋收起义，并随
毛泽东上井冈山，任中共湘赣边界特委委员等职。1929 年
在行军中遭国民党军袭击牺牲，时年 24 岁。写作这首诗时，

他正从事工人运动，诗题中的谢左明是他的好友，他们常有诗书往来。在革命斗争的洪流中，特别是经过五卅惨案血与火的洗礼、考验，作者的思想与世界观发生了重大变化，深刻认识到只有共产党才能救中国，只有把人民群众的伟大力量凝聚在一起，才能改造这个世界。这是一首七言古风，诗的语言近乎白描，读来朴素、自然；简洁、明快的音律节奏，层层推进的结构方式，直接说出他所认知的革命真理。拂去岁月的灰尘，我们依然会被诗中坚定的革命信念，和烈士追求红色理想、为共产主义事业奋斗终生的精神所打动。

24 彭 湃

起义歌

我们大家来起义，
消灭恶势力！
如今大革命，
反封建，分田地，
坚决来斗争！
建设苏维埃，
工农来专政，
实行共产制，
人类庆大同，
无产阶级世界革命，
最后成功！

这是彭湃写的一首朗朗上口的动员令，号令大家一起来起义，推翻旧世界。诗中明确了起义后就该是"反封建，分田地"，"建设苏维埃"；远景也历历在目，便是"工农来专政，实行共产制"。彭湃（1896—1929），中国农民革命运动的先导者和著名的海陆丰苏维埃政权的创始人。他被誉为"农民运动大王"，曾策动广东秋收起义，领导建立海陆丰苏维埃政权，任中共中央政治局委员、农委书记、军委委员、江苏省委常委等职。1929年被捕后英勇就义，时年33岁。长年从事农民运动的经历使彭湃认识到，要动员的对象，是挖煤的、拉车的、在田野里面朝黄土背朝天耕作的劳苦大众，动员令无需字斟句酌，更没有必要去吟风弄月。他认识到，要让被奴役的劳苦大众翻身做主人，必须教会他们昂起头来，用长满老茧、握惯了锄头的手，去握枪，去扣动扳机，"消灭恶势力"。"实行共产制，人类庆大同，无产阶级世界革命，最后成功！"即是起义的最终目标，革命的最终目的。

25 陈 昌

诗一首

壮 志 未 酬 身 尚 健，
豺 狼 当 道 志 弥 坚。
鸡 鸣 起 舞 迎 新 岁，
披 衣 秉 剑 划 长 天。

陈昌（1894—1930），早年考入湖南第一师范学校，曾协助毛泽东组织新民学会、马克思主义研究会。1921 年加入中国共产党，后曾参加北伐战争和南昌起义。1930 年赴贺龙部工作，路经湖南澧县时被捕，不久英勇就义，时年 36 岁。诗的第一句写出了作者坚定不移的信念即深信马克思列宁主义，第二句真切地表达了在马列主义的指导下，面对黑暗势力，作者英勇无畏，越是艰难险阻越是意气风发，斗志昂扬。第三句和第四句是此诗的"转合"部分，作者用虚拟笔法，以闻鸡起舞、仗剑天涯的姿态比喻革命者精神振奋，生命不止，战斗不息。即使壮志未酬而肝脑涂地，忠肝义胆也将永远地照耀人间，气贯长虹，不朽的精神将永远激励后来人继续为之奋斗。读完此诗，令人掩卷沉思，心潮难平：像陈昌这样千千万万的革命者，他们言行一致的作风，不畏艰难的精神和大公无私的思想，正是革命得以胜利的根本原因。

26 陈毅安

答未婚妻

寄生者治人，
享受世界上一切权利；
生产者治于人，
所得的代价只有无期的冻饿。

唉！这是圣人孔孟的道德吗？
这是上帝耶稣的博爱吗？
这是南无阿弥陀佛的慈悲吗？
什么道德、博爱、慈悲，都是一些
骗人的鬼话。

创造世界的工农们，
我们赶快地团结起来呀！
死气沉沉的黑暗世界，
要用我们的热血染它个鲜红。

我们要冲破压迫阶级束缚我们的藩篱，
我们唯一的法门——勇敢奋斗！
只要我们努力，
胜利终究要属于我们的，
让我们高呼预祝世界革命成功的口号
啊！

　　陈毅安（1905—1930），井冈山革命根据地创始人之一，红3军团的重要将领。他于1922年加入中国社会主义青年团，1924年转入中国共产党。曾考入黄埔军校第4期，参加过北伐战争和秋收起义。1930年在长沙掩护军团机关转移时壮烈牺牲，时年25岁。陈毅安曾在井冈山斗争时期参与指挥了著名的黄洋界保卫战。他以鸿雁传书，与未婚妻李志强苦苦相恋的经历，成为那个年代极为罕见和珍贵的一段佳话。1926年8月27日，他给未婚妻写的信中，附上了这首诗，信上说："革命的战争，是要实现世界永久的和平，绝对不同于军阀争权夺利的战争。"意在用这封信和这首当年的革命军人极少书写的自由诗，对远在湖南故乡的未婚妻循循善诱地阐释他的战争观。他在诗里说：自古以来，"寄生者治人，享受世界上一切权利；生产者治于人，所得的代价只有无期的冻饿"。这是用孔孟之道、"上帝耶稣的博爱"、佛教的"慈悲"无法解释的。说到底，他们说的这些都是"骗人的鬼话"，是麻痹人们神经的精神鸦片。正因为如此，被统治但却创造世界一切财富的工农们，"唯一的法门"，便是团结起来，以党为中心，以党的意志为意志。只有用我们灼热的血，以摧枯拉朽的革命战争推翻"死气沉沉的黑暗世界"，才能染红天地，迎来灿烂的日出。陈毅安用这首诗给未婚妻讲述这番道理的良苦用心，是劝导她理解自己舍身忘家的抉择。这里的潜台词是：亲爱的人，我不是不爱你，也不是我不眷恋卿卿我我、花前月下的浪漫生活，但大敌当前，国家和民族的命运高于一切。在这个时候，个人的情感必须服从革命战争的需要。我们如今要做的，唯有努力，努力，再努力；战斗，战斗，再战斗，共同"预祝世界革命成功"。

27 罗学瓒

自　勉

（书此以为异日遇艰难时之反省也）

不患不能柔，
惟患不能刚。
惟刚斯不惧，
惟刚斯有为。
将肩挑日月，
天地等尘埃。
何言乎富贵，
赤胆为将来。

这首诗是罗学瓒在湖南第一师范学校读书时写的。罗学瓒（1893—1930），中共湖南早期革命斗争重要领导人。他早年就学于湖南省立第一师范学校，与毛泽东为同班同学，还是新民学会成立后的第一批会员。后曾任浙江省委宣传部部长、省委书记。1930年在杭州被国民党反动派杀害，时年37岁。"不患不能柔，惟患不能刚。惟刚斯不惧，惟刚斯有为"是说我们的意志不怕不能柔软，就怕不坚强；只有意志坚强才能不怕困难，只有意志坚强才能有所作为。"将肩挑日月，天地等尘埃。何言乎富贵，赤胆为将来"是说时代的大潮已经起势，革命的巨轮已经扬帆，我们要以肩挑日月的勇气，担当起救国救民的重任，拯救人类于水火；我们要视天地为尘埃，视富贵为浮云，来回应时代的召唤，接受风雨的洗礼，劈波斩浪、勇往直前，为建设一个崭新的中国、解放全人类而浴血奋战。正是因为有许许多多像罗学瓒这样的革命烈士，从小就立志报国，不负时代重托，撑起中国脊梁，我们的祖国才有今天的富强昌盛，我们的人民才有今天的幸福生活。

28 蓝飞鹤

绝命诗

横胸铁血扫难开，
浩劫摧磨志不灰。
满地铜驼荆棘变，
游魂应逐战旗来。

这首七绝，是蓝飞鹤烈士入狱后写的，摧枯拉朽，气势磅礴，如巨大的冲击波，充分展示了革命志士大义凛然、坚贞不屈的英雄气概和战斗豪情。蓝飞鹤（1901—1930），1929年加入中国共产党。曾领导厦门、泉州工人运动。1930年回故乡惠安发动武装暴动，在指挥部队突围时被捕，后被敌人杀害，时年29岁。诗的第一句"横胸铁血扫难开，浩劫摧磨志不灰"，是指澎湃在革命者胸膛的铁血，是任何力量都不可扼制的，任何摧残、磨难都不能让他们意志消沉。接下来的"满地铜驼荆棘变，游魂应逐战旗来"，则指出山河破碎之际，满目萧条之时，共产党人即使流血牺牲，他们的灵魂也会在战旗下集合，继续向他们认定的目标奋进。在中国革命的历史进程中，正是这些用"特殊材料"制成的铮铮铁骨的硬汉们，用血肉之躯和坚定的革命信念，为中华民族筑起了一条与万里长城遥相呼应的心灵长城。而这首诗空灵而高邈的精神和艺术境界，堪与陈毅《梅岭三章》中的"此去泉台招旧部，旌旗十万斩阎罗"媲美。

29 李司克

诗一首

我去了，我去了，
今后浪迹天涯！
山风呀怒号！
海水呀滔滔！
旅客呀心摇！
这大概是火山爆发的预兆！
赶紧烘热
自己的胸膛！
赶紧握着
残红的戈矛！
快快把地球迸去火烧。

这首诗中，李司克烈士把自己脱离小家奔向革命大家庭时的心理和信念写得真切而饱满。李司克（1912—1930），1927年加入中国共产党。曾组织发动广汉起义。起义失败后继续进行地下活动，不幸被捕。1930年英勇就义，年仅18岁。"我去了，我去了，今后浪迹天涯！"为了革命事业，和亲人、朋友告别，去追寻理想时的境况，在他另外一首诗中有较详细的描述："家庭的诘责，乡党的舆论，朋友的鄙视"，"这都是不值留恋和顾虑哟！"这种情形和艰险重重的前途，难免给一个刚成年的青年带来心里的激荡，这种"心摇"外化为他能感知的怒号的山风、滔滔涌动的海水。可是，他年龄虽小，却在学习和实践中培育了对马克思主义、中国共产党的坚定信仰，他意识到，这种风起涛卷的内心激荡，是火山爆发前的预兆，于是催促自己烘热胸膛，握起戈矛，将旧世界扔进燃烧的烈火中，让它涅槃重生。在这首诗里呈现出的，是一个探寻真理、刚走上革命道路却意志坚定的"敢教日月换新天"的年轻革命斗士的形象。在李司克牺牲前，他已经成长为一位思想成熟、随时准备为建设自由平等的社会献出一切的共产党员，这一点从他的其他诗歌里可以看得出来："墓前三杯酒浆向我在微笑、招手！""快跑！那才是宿地：火山口，刀锋上！"读这些诗句让我们感到，一位刚成年的革命者已有远大的抱负、决绝的勇气、坚定的意志，这是多么的可贵！

30 姚伯壎

诗一首

三稔离愁为甚因，
青山红泪两销魂。
堪嗟大地多荆棘，
愿借犁锄一扫空。

　　20 世纪的 20 年代，军阀混战，民不聊生，中国大地满目疮痍，一群群有志青年背负着苦难和希望，探索着救国救民的道路。姚伯壎烈士这首诗，便是他留在短暂的革命道路上一行清晰的脚印。姚伯壎（1909—1930），1925年加入中国共产主义青年团，次年加入中国共产党，因积极领导醴陵农民运动受到毛泽东的赞扬。1930年前往武汉开展地下活动，在武汉轮渡码头执行任务时，因叛徒告密被捕，不久牺牲，时年21岁。"三稔离愁为甚因"，稔，庄稼成熟，古代谷一熟为年，"三稔"即是三年。诗人离家三年，备受离愁的煎熬，这是为什么呢？诗人在起句发出了疑问。"青山红泪两销魂"，"红泪"原指"女子的眼泪"，但这里却是含血的泪（红色的泪）。诗人以此表达心中的沉痛。"两销魂"，青山和诗人相对而望，互诉悲伤愁苦，神思茫然。这里诗人将青山拟人化了，生动地表达了物与人的同哀之情。"堪嗟大地多荆棘，愿借犁锄一扫空"，"荆棘"喻指艰难纷乱的时局，阻碍社会发展的一切丑恶现象与事物。这两句回应了首句的疑问，原来是嗟叹"大地多荆棘"，诗人要借犁锄一扫而空，还大地以坦途，还世界以清朗，让人民自由幸福地生活。这首诗立意高远，气象宏大。诗人以自问自答的形式，抒发志在扫平大地荆棘的革命豪情，也表达了一位革命志士为争取民族和人民的独立、解放和自由，甘愿离乡背井，东奔西走，把离愁别恨抛于脑后的英雄气概。

31 何孟雄

狱中题壁

当年小吏陷江州，
今日龙江作楚囚。
万里投荒阿穆尔，
从容莫负少年头。

何孟雄（1898—1931），党的早期工人运动著名领导人。他于1920年加入北京大学马克思学说研究会，次年加入中国共产党，曾领导京绥铁路大罢工。大革命失败后参与领导江苏、上海各地党组织的恢复，积极发展工农运动和开展武装斗争。1931年因叛徒告密被捕，旋即英勇就义，时年 33 岁。《狱中题壁》写于 1922 年。其时，何孟雄等人赴苏联出席伊尔库茨克远东大会，行至黑龙江时，不幸被军阀逮捕入狱，何孟雄在狱壁上题下了此诗。诗中他以被囚于江州的宋江和楚囚钟仪自喻，表达了虽身陷囹圄，依然胸怀大志，不屈不挠的情怀。何孟雄曾说，"一个革命者要像暴风雨中的海燕，经得起革命的考验"。他将自己被囚禁当作革命道路中的一次考验和磨炼。虽是狱中险境，但诗人并不感到畏惧，也没有丝毫动摇。诗中慷慨写道，"万里投荒阿穆尔，从容莫负少年头"，这是诗人革命信念的自勉和鞭策，同时也表达了愿将自己的青春热血献给革命事业的宏伟志向。此诗短小工整，引史自喻，沉着而豪迈。诗中表达的坚定政治信念和无畏的精神品质，始终贯穿着何孟雄的革命生涯。党的六届七中全会通过的《关于若干历史问题的决议》中曾这样评价："何孟雄等二十几个党的重要干部，他们为党和人民做过很多有益的工作，同群众有很好的联系，并且接着不久就被敌人逮捕，在敌人面前坚强不屈，慷慨就义……所有这些同志的无产阶级英雄气概，乃是永远值得我们纪念的。"

32 龙大道

狱　中

身在牢房志更强，
抛头碎骨气昂扬。
乌云总有一日散，
共产东方出太阳。

　　这首诗是龙大道烈士于 1927 年 8 月在武汉监狱中写下的。龙大道（1901—1931），早年曾参加上海工人第三次武装起义，出席中共五大。1927 年调武汉工作时曾被捕，旋即越狱，后任上海总工会秘书长。1931 年再次被捕，不久在上海龙华遇害，时年 30 岁。这是一首以鲜红的热血直面白色恐怖、直面生死的动人诗篇。他在龙华慷慨就义，以"抛头碎骨"实践了自己诗中大义凛然的气节，是中国革命史上著名的龙华烈士之一。诗言志，既是审美倾向，也是诗歌传统，其核心主旨是：在言之有物的情境中，强调突出诗的意志、精神与灵魂，《狱中》一诗就充分体现了这一点，与著名的"砍头不要紧，只要主义真"的诗句一样，有一种直抵人心的力量。诗中弥漫着共产党人信仰与理想的光芒和为实现共产主义甘愿献身的壮烈情怀，正是因为无数共产党人有这种视死如归和大无畏的坚强品质，有前赴后继的奋斗与牺牲精神，中国革命才取得最后胜利。

33 欧阳立安

无　题

冲冲冲！
我们是劳动儿童团。
不怕敌人刀和枪，
不怕坐牢和牺牲！
杀开一条血路，
冲！冲！冲！

1930 年 5 月 1 日，上海总工会组织 500 名童工参加劳动节纪念集会和示威游行，时任共青团沪东区委委员的欧阳立安在游行前夜赶写出了这首诗，游行时，和童工们肩并肩，放声高歌，震撼人心。欧阳立安（1914—1931），早年在上海随何孟雄从事工人运动，担任区委交通员。曾赴莫斯科参加赤色职工国际第五次代表大会和少共国际代表大会。回国后任共青团江苏省委委员和上海总工会青工部长。1931年在上海开会时被捕，不久英勇就义，年仅17岁。这首诗篇幅精短，字字句句都裹挟着力量，抒发了少年儿童团员英勇无畏的革命意志和信念。首句"冲冲冲"三个字像从枪膛里射出的子弹，短促，有力，发出嘹亮的啸音。"不怕敌人刀和枪，不怕坐牢和牺牲！"少年儿童团员人小志大，所向无前，大义凛然的革命激情跃然纸上。"杀开一条血路，冲！冲！冲！"结尾这句，就像一柄砍向敌人的大刀，表现了作者要以鲜血和生命呼应"冲冲冲"的革命号角，不实现人类大同决不停止前进的坚强意志。欧阳立安从小在革命家庭长大，小小年纪就成为坚定的共产主义战士，写此诗后不到一年，就被捕牺牲，用自己17岁的短暂生命践行了"不怕敌人刀和枪，不怕坐牢和牺牲"，为革命成功"杀开一条血路"的铮铮誓言。

34 邓恩铭

诀　别

三一年华转瞬间，
壮志未酬奈何天。
不惜唯我身先死，
后继频频慰九泉。

　　这首诗写于1931年，是邓恩铭烈士被执行枪决前写给母亲的诀别书。邓恩铭（1901—1931），中国共产党创始人之一，山东早期党组织主要领导人。他于1920年参与组建济南共产党早期组织，次年出席中共一大。曾在莫斯科受到列宁接见。大革命失败后，辗转山东各地，领导党组织开展斗争。后不幸被捕，于 1931 年就义。"三一年华转瞬间，壮志未酬奈何天"，在这两句诗中，作者感叹年华转瞬即逝，可惜我的壮志还未实现，但并不是伤春悲秋似的对年华流逝的追悔，而是怀着对"壮志"，也就是他所进行的革命事业的深深的眷恋。"不惜唯我身先死，后继频频慰九泉。"接下来这两句，作者笔锋一转，以慷慨昂扬的诗句，呈现出一位共产党员的赤子之心：不要痛惜我先死去，会有更多后来人去完成我没有完成的事业，这样我在九泉之下也会得到告慰，这既是对亲人的安慰，也是对自己革命信念的呈现。从邓恩铭这最后的一封作为遗言的家书中，我们可以看到他在生命即将熄灭的一刻，仍没有儿女情长的倾诉和呻吟，有的只是壮志未酬身先死的呐喊，只是对革命事业至死不渝的信念。这哪里是遗书，分明是革命的火把和号角！这种坚定不移跟党走的革命精神，应该成为今天每一位共产党员的坚定信念。

35 恽代英

狱中诗

浪迹江湖忆旧游，
故人生死各千秋。
已挨忧患寻常事，
留得豪情作楚囚。

　　这首诗是恽代英于狱中所作，诗一开头，就显得感慨万千，"浪迹江湖忆旧游，故人生死各千秋"，这里的浪迹江湖，指的是为了革命事业，到处奔波，行踪不定；旧游、故人，指老朋友，主要指革命同志；千秋，是说那些为了革命献出宝贵生命的同志是不朽的。恽代英（1895—

1931），中国共产党早期政治活动家、理论家、中国青年运动领袖。他曾参与领导五卅运动、南昌起义、广州起义，曾任中共中央宣传部秘书长，第五届中央委员、第六届中央候补委员。1930 年在上海被捕。1931 年在南京英勇就义，时年 36 岁。恽代英对革命的长期性、艰苦性有着清醒的认识，他曾鼓励周围的同志："世界上没有一帆风顺的革命，挫折是不可避免的，要经得起挫折。只有不怕失败的人才是能取得胜利的人。"在狱中他对难友说："对一个革命者来讲，战场固然是考验，而监狱也是一个特殊的战场。一个真正的革命者，在这个特殊战场上，在生死面前，要经受得起严峻的考验。"并写下这首气吞山河的《狱中诗》，表达自己对革命的忠心耿耿和矢志不渝。"已摈忧患寻常事，留得豪情作楚囚"，说明自己已摒除个人得失，不惧被捕、坐牢，甚至杀头。楚囚，是历史上一个很著名的典故，春秋时，有楚国人钟仪被晋国囚禁，仍戴着南方楚国式样的帽子，表现对故国的怀念。这里借用说即使被捕关在监狱中，仍保持着革命者的豪情壮志。全诗由感慨开始，至置生死于度外结束，可谓大义凛然，铁骨铮铮。整首诗刚健，沉雄，笑傲生死，体现了革命者伟大的人格和高尚的情操。

36 古公鲁

无 题

漂泊频年太坎坷，
风霜历尽志难磨。
一肩任务千斤重，
都为工农解放多。

古公鲁（1884—1931），早年加入同盟会投身革命，
后加入中国共产党，任中国工农红军第 11 军军需处长。
1931 年，随部队到陆丰县执行任务时，被捕遇害，时年
47 岁。这首诗第一句"漂泊频年太坎坷"，"频年"意为
多年，"坎坷"指不得志，这里用来比喻革命的志愿没有

顺利实现。岁月颠簸，时势浮沉，回望波澜壮阔的革命历程，诗人发出的时代喟叹犹如霹雳弦惊，警醒后人革命胜利来之不易。"风霜历尽志难磨"紧承前句，意为天地沧桑，革命陷入困境，正是磨炼仁人志士坚强意志的时候，也是体现坚韧不拔、勇往直前的革命精神的时候。一个"磨"字，既有动感，也见力道。"一肩任务千斤重"，天下兴亡，匹夫有责，铁肩担道义，纵有千斤压顶，仍然负重前行，这句诗写出了革命先辈迎难而上，勇于担当的精神。为何漂泊频年？为何风霜历尽？为何重任千斤？最后"都为工农解放多"，画龙点睛，干净利落。这首诗语言通俗易懂，结构清晰明朗，从小处着手，从大处收束，张弛有度，开合自然，再现了时代情景，凸显了革命精神。

37 周逸群

工农团结歌

工农，世界主人翁！
我们的血汗，几乎要流尽。
衣与食，住与行，我们所造成。
权位与幸福，倒归寄生虫。
世界创造者，反作穷罪人。
封建制度，资本主义，一律要铲平。
高举鲜红旗，强与作斗争。
资本家，地主们，我们对头人。
苏维埃政权，从此就实现。
工厂归工友，土地归农民。
工农团结，民主共和，革命大功成。

这首诗歌写于 1928 年 3 月，当时周逸群受党中央委派，在湘鄂边地区组织红军扎根湖区和农村，大力开展武装斗争，与群众建立了密切而又深厚的联系。周逸群（1896—1931），北伐军重要将领、湘鄂西革命根据地和红 2 军团的主要创始人。他于 1924 年入黄埔军校第 2 期学习，同年加入中国共产党。曾参加北伐战争和南昌起义，后与贺龙等创建以洪湖为中心的湘鄂西苏区。1931 年经湖南岳阳时遭敌伏击牺牲，时年 35 岁。以《工农团结歌》为题写作的这首诗，可以看出周逸群对工农群众在社会解放中的历史地位的高度认定，体现了周逸群良好的革命素养和深远的民主意识。"工农，世界主人翁"，他一开始便发出了这样一个声音，把工农当作革命的中坚力量，这也是深入湘鄂边地区湖区和农村密切联系群众的体现。紧接着他指出，作为世界的主人翁，工农群众在辛劳付出的血汗几乎被压榨尽后，连基本的生存需求都得不到保障，而权力和优渥的生活却由残酷剥削压迫他们的人享有。"寄生虫"一词极为形象，把剥削者吸食工农血液的社会现实明白无误地表现出来。社会的黑暗造就了不公，工农以血汗创造社会财富，却被当权者踩在脚下，成为"穷罪人"，而这一切，都是"封建制度"、"资本主义"的罪恶产物。作者一声怒吼"一律要铲平"，这里面既有他对工农群众的同情与关怀，也有对黑暗社会的愤怒与抨击。工农群众在党领导下团结起来，将剥削阶级彻底消灭，解放和自由的日子终会到来。接着他描绘了革命成功的动人场景："工厂归工友，土地归农民"，天下归一，工农成了真正的主人，压迫剥削现象冰雪消融般地消失了，这是革命战胜黑暗，民众走向共和的时刻。整首诗情怀高尚，结构严谨有序，前后紧承，相互照应，一气贯通，如同天空奔涌的雷霆，大地燃烧的火焰，轰轰烈烈，风风火火。

38 谭寿林

土地革命山歌（节选）

革命成功在眼前，
群众奋斗要争先。
杀头当做风吹帽，
坐监也要闯上天。

谭寿林（1896—1931），早年加入北京大学马克思学说研究会，1924年加入中国共产党。曾参加广州起义，后任全国海员总工会秘书长、中华全国总工会秘书长。1931年被捕，不久在南京雨花台就义，时年35岁。这首诗，表明了他的奋斗目标和生命的价值所在，体现了一个真正共产党人对党、对信仰的不可摧毁的忠诚和意志。诗里没有华丽的修饰、没有象征比喻等等，甚至可能没有过多的思考，全是白话，但能让人感觉到它是烈士脱口而出、发自胸腔的呐喊，每个字都是刺向敌人的匕首和子弹。"杀头当做风吹帽，坐监也要闯上天。"这两句，十分经典，大义凛然、临风而歌，是何等的英勇和浪漫。谭寿林牺牲时，正是土地革命掀起高潮之时，毛泽东率领的工农武装，建立了强大的中央革命根据地和苏维埃红色政权。正像烈士所说的"革命成功在眼前"。虽然谭寿林没有等到革命成功的那一天，但他和无数先烈的意志与根据地奋战的力量已完整地结合在一起，形成了摧枯拉朽、不可阻挡的革命洪流！

39 蔡和森

诗一首

君不见，武王伐纣汤伐桀，革命功
劳名赫赫。

又不见，詹姆斯被民众弃，查理士
死民众手。

路易十四招民怨，路易十六终上断
头台。

俄国沙皇尼古拉，偕同妻儿伴狗死。

民气伸张除暴君，古今中外率如此。

能识时务为俊杰，莫学冬烘迂夫子。

蔡和森（1895—1931），中国共产党早期卓越的领导人和工人运动领袖。他早年与毛泽东等组织新民学会，与周恩来等筹组旅欧中国共产党早期组织，曾参与领导五卅运动。1931年因叛徒出卖被捕，不久就义，时年36岁。

蔡和森在五四运动前写下的这首诗，第一句就以磅礴的气魄，回溯数千年人类历史长河不可抗拒的前进潮流："君不见，武王伐纣汤伐桀，革命功劳名赫赫"，引出周武、商汤革故鼎新的典故，大有一语唤醒亿万同胞革命意识之势，作者正告国人：在炎黄后裔的血脉中，从来就有反抗压迫、改造世界的血性与基因。接着一句"又不见"，一连列举五位在人民力量的冲击前黯然失色的外国皇帝，排比紧促、移山倒海，简易的诗文中涌动着民主与科学的变革大潮。正有"指点江山，激扬文字，粪土当年万户侯"之概。最后四句，以"民气伸张除暴君，古今中外率如此"点题，舍事而言理，指出了人类前进的历史规律，同时，又寄寓了作者融入时代大势，投身革命斗争的自我觉悟和坚定决心，预言着革命风暴的到来和乱世暴政的终结。在五四运动即将爆发的革命潮头中，与毛泽东、萧子升并称"湘江三友"的蔡和森，用激烈高亢的笔触言志载道，抒写胸臆，用晓畅而铿锵的诗句，为那一代革命者追求真理的精神境界作出了最好的历史证明。

40 杨匏安

狱中诗

慷 慨 登 车 去，
临 难 节 独 全。
余 生 无 足 恋，
大 敌 正 当 前。
投 止 穷 张 俭，
迟 行 笑 褚 渊。
者 番 成 永 别，
相 视 莫 潸 然。

杨匏安临刑前夕，为了勉励狱中难友坚持斗争，写下了这首千古不朽的诗篇。杨匏安（1896—1931），中国共产党早期优秀的理论家和革命活动家。他曾参与领导省港大罢工，后从事党的秘密宣传工作和编辑党的刊物。1931年被捕后，蒋介石曾亲自写信和电话劝降，他不为所动，不久壮烈就义，年仅35岁。在这首诗里，杨匏安直抒胸臆，一、二句中想到自己即将登上囚车奔赴刑场，面临杀身之祸，鼓励自己要保存完整的革命气节，视死如归，对党和革命事业忠贞不渝。三、四句进一步写到中国革命形势严峻，大敌当前，自己绝不能留恋荣华富贵，贪生怕死。五、六句用了两个典故，分别写到自己虽然比东汉末年遭受党锢之祸的张俭更加危困，已不能够望门投止逃避追捕，但是却要嘲笑南朝宋、齐时期的褚渊，不愿像他那样迟行缓步，苟活而取富贵。七、八两句安慰狱友，对待生死离别，大家要有勇气，不必泪水涟涟。并巧妙化用王勃"无为在歧路，儿女共沾巾"的诗意，表达自己在死亡来临时从容镇定，慷慨高昂，既鼓励了难友，又体现了诗人为革命事业不畏牺牲，从容赴死的英勇气概。诗人虽身陷囹圄，仍大义凛然，视死如归。这样崇高的革命情操，是杨匏安留给后人的一份宝贵的精神遗产。

41 蔡上林

遣　怀

雄心射越三千丈，
未达成功哪肯休！
尝遍穷愁生死味，
淡然过去乐无忧。

蔡上林（1898—1932），1925 年加入中国共产党，曾任中共石首县赤卫大队大队长、华容县苏维埃主席团委员、湘鄂西临时省委特派员。1932 年因积劳成疾病逝，时年34 岁。在艰苦的革命斗争中，蔡上林一直坚持学习和写作，率领游击队与敌周旋之余，他更通过吟唱来抒发革命豪情，著有诗集《东曙诗草》，堪称革命诗人。虽是"余事作诗人"，但其革命情怀在艰苦颠沛、万死而争生存发展的处境中，反而得以孵育出至情至性的真诗篇。这首《遣怀》便既是他革命志向的表达，又是以旷达情怀历遍人生苦难的抒发。前二句"雄心射越三千丈，未达成功哪肯休"，以夸张的手法，写革命的壮怀激烈。"三千丈"极言其远大，"哪肯休"直说其坚韧。革命诗人借此表达打退敌人凶焰的决心。后二句"尝遍穷愁生死味，淡然过去乐无忧"，反思自己经历过的人生，在种种苦难中最终萌生了旷达的革命乐观主义情怀。

追悼烈士歌（节选）

死难烈士最荣光，
精神不死众颂扬。
鲜血洒遍田土上，
英雄事迹永留芳。

这首诗写于 1930 年 3 月，是古宜权在八乡山一次追悼死难烈士大会上，触景生情，所写组诗中的一首，抒发了作者对牺牲战友的深切缅怀和悼念，讴歌颂扬了烈士们的牺牲精神。古宜权（1904—1932），1924 年入黄埔军校第 2 期学习，参加过北伐战争。大革命失败后，参与创建八乡山革命根据地，转战于五华、八乡山、海陆丰及大南山等地，屡立战功。1932年在战斗中壮烈牺牲，时年28岁。这首诗表现了作者随时随地准备为革命牺牲的乐观主义革命精神，主题是，在血与火的战场上，残酷的革命战争中，牺牲随时会发生。作为革命者，必须具备与革命事业相称的生死观。"死难烈士最荣光，精神不死众颂扬"，开头两句，作者强抑住内心的悲痛，歌颂烈士们的牺牲精神。在作者看来，英雄已去，精神长存，众人颂扬，这是没什么遗憾的。"鲜血洒遍田土上，英雄事迹永留芳"，"洒遍"说明牺牲的烈士很多很多，鲜血洒遍了本该由自己耕种的田地，他们的英雄事迹将随着年年返青的小草流芳百世。这首诗是对牺牲战友的革命事迹和精神的颂扬。他在诗里想到，战争仍在继续，胜利是烈士们用鲜血和生命换来的，活着的人惟有前赴后继，将革命进行到底。

43 聂永晖

题 扇

大翼卷云天作浪，
余威激水月生波。
岂甘自好为风舞，
怕听人间叫热何。

聂永晖（1895—1933），早年从事党的农运工作，曾
在马日事变后带领浏北农军参加攻打长沙的战斗，后任中
共浏阳县委宣传部长、湘鄂赣省苏维埃政府文化部副部长
及中共宜春、铜鼓、万载中心县委书记。1933 年因叛徒出
卖被捕，后惨遭杀害，时年 38 岁。1928 年的夏天，聂永

晖与慕容楚强在江西上栗市以织布为名，从事党的地下工作。这首气魄宏阔、境界高迈的诗，是他因感而发，题写在慕容楚强的扇子上的，充分展现了一个革命志士解生民于倒悬，救百姓于水火的宏大志向。"大翼卷云天作浪，余威激水月生波"，诗歌开篇以大鹏为喻，豪迈奔放而又自然贴切。庄子在其《逍遥游》中说："鹏之背，不知其几千里也。怒而飞，其翼若垂天之云。""水击三千里，抟扶摇而上者九万里。"聂永晖暗用此典，在他的想象中，扇面摇动如大鹏展翼，卷动云层，让整个天空如波浪翻滚。余威也激荡水面，让月亮上也升腾起波澜。诗人以汪洋恣肆、气势磅礴的笔调，构画出一幅浑茫无际，辽阔、壮美，声势浩大的海天画图。"岂甘自好为风舞，怕听人间叫热何。"意思是，这样的一把扇子岂能甘于为风舞蹈，它怕听到人间处于水深火热中的百姓，叫苦叫热的声音，因为它一听到这些声音，就要展露它的"垂天"之翼，让世界还原为一片清凉。"叫热"，比喻百姓苦难和痛苦求生的呼声。这两句诗把辽远的景象转换到现实世界里，关注人间时局，解救百姓苦热，表达了诗人崇高的革命理想。吟咏扇子的诗，古往今来并不少见，如班婕妤的《团扇诗》、韦应物的《悲纨扇》等。但聂永晖的《题扇》别开生面，他以开阔的胸襟，奇伟的想象，充沛的情感托物言志，抒发革命的理想；诗风豪放雄奇，气势恢弘，掷地有金石之声，境界非同凡响，让人读来心旌摇动，热血沸腾。

44 赵博生

革命精神歌

先锋！先锋！
热血沸腾，
先烈为平等牺牲，
作人类解放救星。
侧耳远听，
宇宙充满饥饿声，
警醒先锋，
个人自由全牺牲。
我死国生，
我死犹荣，

身虽死精神长生，
成功成仁，
实现大同。

　　这首诗是赵博生领导宁都起义后所写，并在整编后的红5军团中谱成队伍歌曲。赵博生（1897—1933），宁都起义主要领导人、中国工农红军高级指挥员。他曾先后在北洋军阀皖系、直系、奉系部队中任职，参加过北伐战争，后加入中国共产党。历任红5军团第14军、第13军军长，军团参谋长、副总指挥。1933年，率部与国民党军战斗时壮烈牺牲，时年36岁。这首诗歌简洁、直白，题旨一望而知，貌似单调，但朗朗诵读，细细品味，便会被其中蕴含的炽热情感和彻底的自我牺牲精神深深打动，一个心怀天下、坚定执着的抒情主人公形象，猝然从火焰般的字句中脱颖而出。诗歌一开始即用气势如虹的词句高呼"先锋！先锋！"透着一种强烈的自我肯定，表明这是一个已经完成了思考的战斗者；继而，面对未来严酷的斗争，他以精神上如火如荼的醒觉，怀抱用生命和热血开辟道路、迎接光明的必胜信念；进而揭示了自己所理解的不朽归宿："成功成仁，实现大同。"全诗洋溢着义无反顾的革命浪漫主义豪情，它抱有间不容发的迫切激情，不需要使用太多比喻、象征等艺术手法，仅以直率、诚实的确切表达，就把读者带入到如同暴风骤雨的战斗轰鸣之中。

45 邓中夏

胜　利

哪有斩不除的荆棘？
哪有打不死的豺虎？
哪有推不翻的山岳？
你只须奋斗着，
猛勇地奋斗着；
持续着，
永远地持续着。
胜利就是你的了！
胜利就是你的了！

如果用一个词句来形容邓中夏的一生，那就是"燃烧"。邓中夏炽热而短暂的生命，像一团火，映红了党的旗帜，也映红了中国工人运动的旗帜。邓中夏（1894—1933），中国共产党早期卓越领导人、杰出工人运动领袖、重要理论家和学者。他早年发起组织北京大学马克思学说研究会和北京共产党早期组织。中共二大上当选中央委员，参与组织和领导省港大罢工、南昌起义。后任江苏省委书记、中央军事部代部长、中央革命军事委员会委员等职。1933年在上海被捕，不久在南京英勇就义，时年39岁。长河悠远，岁月无痕。在那些可歌可泣的岁月里，因为共同的信仰，一群又一群的仁人志士用血染的风采，绘就了一幅火红的历史长卷。这首《胜利》诗像暗夜里的号角，充满燃烧的激情和青春热血，表达了作者对中华民族在漫漫长夜中必将彻底觉醒和中国革命必将胜利的坚定信念。邓中夏被捕后，蒋介石得知消息，欣喜若狂，不惜花十万大洋引渡邓中夏，并令人将其解送南京宪兵司令部。国民党的中央委员亲自出马，妄想利用邓中夏来搬弄是非，以动摇他的意志，遭到邓中夏厉声痛斥："一个患深度杨梅大疮的人有资格嘲笑偶尔伤风感冒的人吗？"遍体鳞伤的邓中夏对难友们说："敌人只能伤害我们的肉体，却不能动摇我们的革命意志，更不能动摇我们忠于马列主义。就是把邓中夏的骨头烧成灰，邓中夏还是共产党员。"

46 张静源

香山春风诗

香自寒来梅傲雪，
山色皑皑梅更洁。
春神送暖融六出，
风鸟欢唱颂梅歌。

张静源（1901—1933），参加过五四运动，1928 年加入中国共产党。1933 年夏，在牟平成立中共胶东特委，任第一任特委书记、中共莱阳中心县县委书记。同年 10 月，在莱阳被叛徒暗杀，时年 32 岁。傲雪的寒梅，是中国诗画中不断重现的意象，这种自比的情操，这种自我的胸怀，与风骨、气节相关联，与一个人的精神高度有关。中国的共产主义运动，一开始就有着对社会各阶层力量的深刻认知，并能够进行有效动员，从而召唤出所向披靡的革命能量。所以，最终改变中国命运的，不是民主、科学和自由等思想的宣教者，而是张静源这样脚踏实地的共产党员知识分子，他们在大地上奔波，在社会的最底层激活民众，在生命的盛年遭到戕害……而他们的写诗，往往就是用生命作为底色，用信念作为韵脚，用鲜血作为语汇的。所以在这首诗中，我们看到的是作者对自己光明事业的强烈信心：冰消雪融以后，凌寒而开的梅花是会受到祝福和赞美的！

47 王泰吉

困顿漫语（之一）

功名不必自我成，
革命实践作先锋。
遗嘱同志莫顾虑，
宇宙将来到处红。

　　这首诗是王泰吉烈士在西安被关押时，在生命的最后
时刻，写下的万言《困顿漫语》中的一首。王泰吉（1906—
1934），他于1924年在黄埔陆军军官学校学习期间加入
中国共产党。曾参与组织渭华起义，与刘志丹等创建西北
工农革命军。1934年被派往豫陕边做兵运工作，途经淳化

通润镇时被捕，不久在西安就义，时年28岁。"功名不必自我成，革命实践作先锋。"意思是，革命先驱孙中山先生曾说过"功不必自我成，名不必自我居"，革命事业不是非要从我开始就"成功"，也不可能一蹴而就，立竿见影，需要成千上万仁人志士前赴后继，抛头颅，洒热血，才能取得胜利。正因为如此，诗人作为革命实践的先行者，时刻准备着为最终的胜利奠基。"遗嘱同志莫顾虑，宇宙将来到处红。"这句话是说：今天我将在这里留下遗言，叮嘱同志们，不要犹豫，不要彷徨，革命一定会成功，等到成功的那一天，世界将开满幸福之花。这首诗洒脱开阔，立意深远。前两句是对自己一生的回望，后两句是对革命事业的眺望，以死后之景"宇宙将来到处红"来写"革命实践作先锋"的终极意义。全诗气贯长虹，既是自我认知与评价的墓志铭，也是劝慰革命同志坚定革命信心与意志的宣言书，充满了引颈就义的无畏精神与魂牵自由的革命气节。

48 陈寿昌

诗一首

身许马列安等闲，
报效工农岂知艰。
壮志未酬身若死，
亦留忠胆照人间。

陈寿昌（1906—1934），曾任中共福建省委书记、湘鄂赣省委书记兼湘鄂赣军区政委、中华苏维埃共和国中央执行委员。中央红军主力长征后，率部在湘鄂赣地区坚持斗争。1934年在战斗中负重伤牺牲，时年28岁。这首诗是作者革命生涯和灵魂的真实写照。"身许马列安等闲，

报效工农岂知艰"，诗一发端即借用岳飞名句"莫等闲，白了少年头"言志，此身已许马列，一定要做一个像岳飞那样的英雄。尽管这条道路艰难险阻，但为了国家安危，民族存亡，这点困难又算得了什么呢？"壮志未酬身若死，亦留忠胆照人间"，接下来的这两句，作者表白自己虽然"壮志未酬"，但我身体健壮，依然可以为革命理想努力奋斗。另一方面，本诗化用爱国名将文天祥诗句"人生自古谁无死，留取丹心照汗青"，表现了作者慷慨激昂的爱国热情和视死如归的高风亮节，以及舍生取义的人生观，是中华民族传统美德的崇高表现。

49 吉鸿昌

就义诗

恨不抗日死，
留作今日羞。
国破尚如此，
我何惜此头。

　　吉鸿昌（1895—1934），国民革命军、察哈尔民众抗日同盟军重要将领，著名抗日民族英雄。他早年加入冯玉祥部队，1931 年因对"围剿"红军态度消极，被蒋介石解除兵权，强令出国。回国后组织武装抗日，加入中国共产党。联合冯玉祥、方振武等在张家口组建察哈尔民众抗日同盟军，任第 2 军军长、北路军前敌总指挥兼察哈尔警备司令。1934 年 11 月在天津被捕，随后被国民党杀害于北平监狱，时年 39 岁。临刑前，吉鸿昌披上斗篷，从容不迫地走向刑场。他用树枝作笔，以大地为纸，写下了这首浩然正气的《就义诗》。"恨不抗日死，留作今日羞"，意思是我没有在抗日战场上牺牲，以至于有了今天的羞愧。他的羞辱并非因为个人，从作者的从军经历就能知道，他早已将自己的生死置之度外。在大敌当前、山河沦陷之时，蒋介石国民党政府推行"攘外必先安内"的反动政策，以"以空间换时间"为由，对日寇一让再让；对内却疯狂屠杀抗日爱国志士。一个为了国家出生入死的人，却死于自己人手中，死于"叛国罪"，这不仅是对作者个人的羞辱，更是整个国家和民族的耻辱。"国破尚如此，我何惜此头"：国家已残破成这样子了，我有什么道理怜惜这颗头颅？虽然是冲口而出，虽然只有 20 个字，但因为诗中的每个字都发自内心，饱含作者不计个人荣辱的精神和视死如归的品质，使得这首短诗如空谷霜钟，高山滚石，力重千钧，回味无穷。

50 黄治峰

诗一首

男儿立志出乡关，
报答国家那肯还。
埋骨岂须桑梓地，
人生到处有青山。

这是一首对革命事业葆有坚定信念的大胸怀之作，浓缩了作者黄治峰革命生涯的深切体验，是其宽阔胸襟的从容袒露。黄治峰（1891—1932），早年曾在广西军阀部队任职，后在家乡从事农民运动。曾参加百色起义，后参加红军并亲历第二次、第三次反"围剿"作战。1932 年，被敌人杀害，时年41岁。诗中"男儿立志出乡关，报答国家那肯还"，这两句辩证地表明了个人与民族、小家与国家的关系，把诗歌的出发点深植在家国情怀的深厚土壤之中。个人与国家和民族比较起来，是微不足道的。"埋骨岂须桑梓地，人生到处有青山"两句诗，浓缩了诗人豁达的革命情怀：我如果为革命献出了生命，哪在乎是否把尸骨埋在故乡？祖国的每一座青山，和青山上长出的树木和青草，都可以延续我的生命。诗写到这，一个革命者仗剑天下，志在四方的形象跃然纸上。今天重读这首诗，令人不由自主地感受到，这是一则以诗的形式对党的革命事业所递交的誓词，忠诚，坦荡，可谓字字如铁，掷地有声。

51 何叔衡

诗一首

身上征衣杂酒痕，
远游无处不消魂。
此生合是忘家客，
风雨登轮出国门。

　　这首诗，是何叔衡 1928 年被组织派往莫斯科学习，
途经哈尔滨时写的。何叔衡（1876—1935），中共湖南早
期组织创立者、中国共产党的创始人之一、中华苏维埃共
和国重要领导人。他出席过党的一大，曾任临时中央政府
工农检察人民委员、内务人民委员、临时法庭主席等职。

中央红军主力长征后，留在中央根据地坚持游击战争。1935 年 2 月，在长汀突围战斗中壮烈牺牲，时年 59 岁。

诗的开头就有意借用南宋诗人陆游《剑门道中遇微雨》的诗句，陆游原诗是："衣上征尘杂酒痕，远游无处不消魂。此身合是诗人未？细雨骑驴入剑门。"何叔衡化用此诗，表达了在大革命失败后一种忧国忧民的情绪。既有对时局的忧虑，也有对革命前途和个人命运的展望。"此生合是忘家客，风雨登轮出国门"，则描述了当时的白色恐怖气氛和危急形势，"风雨"暗示时局的动荡和不平静，"此生"则是自道身份，描述了革命者的特征和风貌，为了祖国前途和命运，又要抛家离乡，在风雨之中奔赴远方，也表达出作者的内心坚定执着。这首诗非常生动地刻画出一个为了祖国前途命运，充满忧患感，在风雨之中四处奔走的革命者形象。

52 刘伯坚

带镣行

带镣长街行，
蹒跚复蹒跚，
市人争瞩目，
我心无愧怍。

带镣长街行，
镣声何铿锵，
市人皆惊讶，
我心自安详。

带镣长街行，
志气愈轩昂，
拼作阶下囚，
工农齐解放。

这是刘伯坚烈士被捕后写下的著名诗篇。刘伯坚（1895—1935），中华苏维埃共和国、中央军委和中国工农红军重要领导人之一。他曾赴欧洲勤工俭学，1922年转为中共党员，任旅欧总支部书记。曾任中共湖北省委组织部长、江苏省委宣传部长、中华苏维埃共和国中央执行委员会委员等职，参加中央革命根据地历次反"围剿"斗争。中央红军主力长征后，留在中央苏区坚持斗争。1935年率部转移突围时不幸负伤被捕，不久在江西大余壮烈牺牲，时年40岁。刘伯坚被捕后，军阀押着他在闹市街头游街示众，以"炫耀"胜利。而他以轩昂的气概微笑面对群众，回到狱中，写下了这首《带镣行》，以及长诗《移狱》、《狱中月夜》和几封遗书。体现"工农齐解放"革命信念的《带镣行》，也显露出革命者临危不惧的超拔真性情。正是具有这种正气凛然的信念，才会有"我心自安详"的大风度和"工农齐解放"的必胜信念。

 53 瞿秋白

赤潮曲

赤潮澎湃，

晓霞飞涌，

惊醒了

五千余年的沉梦。

远东古国，

四万万同胞，

同声歌颂

神圣的劳动。

猛攻，猛攻，
捶碎这帝国主义万恶丛！
奋勇，奋勇，
解放我殖民世界之劳工，
无论黑、白、黄，无复奴隶种！

从今后，福音遍天下，
文明只待共产大同。
看！
光华万丈涌。

　　《赤潮曲》是瞿秋白在生前远眺共产主义的光芒普照大地，向全中国四万万同胞发出的热血澎湃、激情飞扬的呐喊与邀约。瞿秋白（1899—1935），中国共产党早期重要领导人之一，伟大的马克思主义者，杰出的无产阶级革命家、理论家和宣传家，是中国革命文学事业的奠基人之一。他曾参加领导五四运动，曾任中央宣传部部长、中华苏维埃共和国中央执委会委员、人民教育委员会委员、中央政府教育部部长等职。1935 年 2 月在福建长汀被捕后英勇就义，时年 36 岁。他受俄国革命感染而创作的这首《赤潮曲》，发表在 1923 年的《新青年》杂志上，同时由另一位共产党人许地山谱曲。《赤潮曲》直接吸收了《国际歌》

的表现方式，如同号角、闪电和枪弹，能迅速调动人们的情绪，深刻地鼓舞人们的信心。这首《赤潮曲》在革命青年中不胫而走，广为传唱，被誉为中国的《国际歌》。这期间，瞿秋白还写过一篇文章，题目是《莫斯科的赤潮》，文中有这样几句："十月革命爆发，莫斯科成了世界革命的中心，这几天是赤潮高涨的时候。"将《赤潮曲》与这段话相互对照，让我们既能看到瞿秋白作为我党先驱的高大形象，也能看到我党早期革命家的理想与襟怀。

54 方志敏

诗一首

敌人只能砍下我们的头颅，
决不能动摇我们的信仰！
因为我们信仰的主义，
乃是宇宙的真理！

为着共产主义牺牲，
为着苏维埃流血，
那是我们十分情愿的啊！

方志敏（1899—1935），伟大的无产阶级革命家、军事家、杰出的农民运动领袖，土地革命战争时期赣东北和闽浙赣革命根据地的创建人。他于 1928 年领导弋阳横峰起义，创建中国工农红军第 10 军。后先后任赣东北省、闽浙赣省苏维埃政府主席，红 10 军代政治委员，中华苏维埃共和国中央执行委员，中共闽浙赣省委书记等职。1934 年率领红 10 军北上抗日，途中不幸被俘。次年在南昌英勇就义，时年 36 岁。在 20 世纪中国革命的诸多先贤英烈中，方志敏是极具精神影响力的一位，他最触动后世人心的，不是其牢狱生活，不是其壮烈牺牲，而是他对自己信仰的明确阐释："因为我们信仰的主义，乃是宇宙的真理！""为着共产主义牺牲，为着苏维埃流血，那是我们十分情愿的啊！"从诗中我们可以清楚地看到，烈士所执着的信念，并不仅仅是争取中华民族的自由和中国人民的翻身解放的简单民族主义思想，而是放之四海而皆准的"宇宙的真理"。信仰"宇宙的真理"，求得全人类的解放，是烈士超越个人，甚至是超越国家民族的崇高境界，这是一般人根本不可企及的。所以，方志敏既是革命者，也是个真正的诗人，读他的诗，我们会重新获得生命理想的坐标。

55 宋铁岩

前进诗（节选）

烽火在荒原燎烧着，
斗争的大旗当空飘。
火燎绕，
风呼啸，
战旗在飘摇。
太空一片红光照，
所有的资产阶级正被扑灭着，
所有的资产阶级正被扑灭着，
崩溃了资本主义！
将解脱我们——
全世界一切被压迫者颈上的锁链和枷铐。

《前进》是宋铁岩留给妻子的诗集。宋铁岩（1909—1937），他于1931年春入北平中国大学学习，不久加入中国共产党。九一八事变后，积极参加抗日救亡运动，后任东北人民革命军第1军政治部主任、中共南满省委委员、东北抗联第1军政治部主任等职。1937年与日伪军作战时牺牲，时年28岁。这首诗是诗集的节选，是烈士在战斗中写成的。每一句，每一行，恰如暴风，雷霆，怒涛，激流，喷发的火山。这是血与火的燃烧、呐喊与爆炸，是一个民族不屈的声音！一个人一旦将自己的命运和国家的命运连在一起，他就会荣辱不惊，名利皆抛。他把整个身心都交给了国家，为她杜鹃啼血，为她凤凰涅槃，为她甘愿献出热血忠魂。一个血性军人，身上最强悍的装备，就是他随时准备为国捐躯的英雄气概！就是他敢于前进敢于冲锋的战斗精神！什么叫信仰？什么叫精神？看看共产党人宋铁岩，看看东北抗联的将士们，在冰天雪地之中，四面合围之下，用周身沸腾的热血和整个生命，顽强表现出来的惊天地、泣鬼神的钢铁意志和英雄精神！

56 吕大千

狱中遗诗

时代转红轮，
朝阳日日新。
今年春草除，
犹有来年春。

　　这首诗是吕大千在狱中写下的遗诗。吕大千（1909—
1937），他曾参加共产党领导的反帝大同盟，在家乡以学
校为阵地开展革命活动，宣传革命道理。1933年加入中国
共产党。曾任中共宾县特别支部宣传委员、宾县中学地下
党总支部书记、宾县代理特支书记等职。1937年被捕入狱，

不久被日寇杀害于哈尔滨，时年28岁。诗中的红轮、朝阳、春草，是吕大千烈士在诗中借用的喻体，也是他的理想以及对国家和民族寄予的期望。首句"时代转红轮"，写的是民族的觉醒；次句"朝阳日日新"，抒发的是抗日斗争必定胜利的信念；三、四句"今年春草除，犹有来年春"，表现先烈对未来的期望：今年的春草虽去，来年仍将会是遍地春光。吕大千在狱中不顾伤痛，继续向难友们宣传抗日，有诗曰："利用寇刀杀寇仇，一腔义愤不日休"；他还写了"劝君莫发呻吟语"，预言马列主义"不到十年遍地球"。至就义前写下荡气回肠的"今年春草除，犹有来年春"，其博大的胸襟及大无畏的献身精神，叫人感喟、唏嘘。

57 宣侠父

诗一首

神州遍地涨烽烟，
莫只登楼意黯然。
惟有齐心来革命，
一条生路在人前。

这首诗写于风起云涌的大革命时期，反映了作者胸怀开阔，志存高远，在忧患中对国家和民族的前途寄予深切期望。诗歌作者宣侠父（1899—1938），早年加入中国社会主义青年团，不久转为中共党员。1924年考入黄埔军校第1期，因触怒蒋介石，被开除学籍、勒令离校。经李大钊推荐，到冯玉祥部工作。西安事变后，到西安协助周恩来工作。1937年任第十八集团军（八路军）高级参议。1938年被特务秘密杀害于西安，时年39岁。"神州遍地涨烽烟，莫只登楼意黯然"，意思是，当此战争频繁，生灵涂炭，百姓啼饥号寒之际，我们决不能袖手旁观，悲观失望，仅仅发出空洞的叹息。那么，出路在哪里呢？"惟有齐心来革命"，我们才能看到"一条生路在人前"。这首诗体现了宣侠父对国家和民族兴亡的强烈责任感。从这首诗里，我们还能清楚地看到，在革命斗争中，区区数行的一首小诗，也能唤醒人们的斗志，鼓舞人民大众积极投入革命的熔炉和阵营。

58 李延平

游击队

我们是共产党领导的抗日游击队，
我们在各个战场上都打胜仗。
为了从祖国领土上赶走日本法西斯，
同志们不断地战斗在寒冷的疆场。
脚下的雪花越铺越厚，
霜雪凝成的冰溜越挂越长。
严寒不能把英雄们吓到，
千万个神枪手挥动着步枪。
冻得麻木的手继续着射击，
尽管血水脑浆溅满了衣裳。

把抗日游击战争进行到底！

胜利火花闪耀着一簇簇红光。

　　李延平（1903—1938），九一八事变后在黑龙江参加抗日救国军，1932 年加入中国共产党后，任救国军绥宁游击支队支队长、东北抗日游击支队长、东北抗日联军第 4 军军长等职，曾率领第 4 军和第 5 军西征。1938 年在战斗中壮烈牺牲，时年 35 岁。烈士这首诗短短 12 行文字，读罢让人身临其境。所谓"境"，既指环境，也指意境。诗人通过"雪花"、"冰溜"等一连串具象，营造了"寒冷的疆场"这一典型环境，同时又以两句富于视觉效果的诗行，塑造出"共产党领导的抗日游击队"这一典型形象："冻得麻木的手继续着射击，尽管血水脑浆溅满了衣裳。"于是，一种"雪天伏击"的诗的意境被逼真地营造出来了。《游击队》一诗用词造句浑然凝重，扑面一股东北地区既寒冷又激烈的战斗气息，给人一种绘画般的视觉冲击。这就是诗歌语言的纯粹性，加上细腻而深沉的情感与之相映衬，阅读之中，能感觉到一种为正义而战的浩然之气跃动于字里行间，让读者从中不仅能探测到那个时代的脉搏，也能探究出诗人的诗品和人格形成的轨迹。

59 冯志刚

浪潮歌

法西斯残暴，
战火烈燃烧。
革命斗争汪洋大海，
谨防水底礁。
狂风起浪潮，
水手舵把牢。
冲锋啊！
敌伪难脱逃。
资本主义坟墓具备了，
葬钟一声敲。

阶级仇恨难消，
誓死高举红旗，
红光普照，融化万恶消。

  冯志刚（1908—1940），1931年参加抗日武装，曾任汤原抗日游击总队中队长、东北抗日联军第6军参谋长、东北抗日联军第3路军龙北指挥部指挥等职。参加领导佳木斯、铁力地区的抗日游击战争。1940年在战斗中牺牲，时年32岁。这首诗是冯志刚为东北抗联所写的多首军歌中的一首。1931年，日本帝国主义侵占东北三省，整个东北沦为日寇的殖民地。作为东北抗联第3路军的领导人，冯志刚一方面指挥抗联战士在极度困难的条件下与日寇进行殊死决斗，另一方面又担当起政治宣传员的角色，战斗之余，创作歌词，以战场搏斗和灵魂较量双管齐下方式与敌作斗争。这首《浪潮歌》慷慨激越，意象丰沛，朗朗上口，流传很广。"法西斯残暴，战火烈燃烧，革命斗争汪洋大海……狂风起浪潮，水手舵把牢。"冯志刚以水手的口吻和视角，表现了东北人民齐心抗战的铮铮铁骨和民族尊严。"冲锋啊！……资本主义坟墓具备了，葬钟一声敲。阶级仇恨难消，誓死高举红旗，红光普照，融化万恶消。"在国破家亡、阶级仇恨满胸膛的愤怒中，用高举红旗、红光普照的愿景来表现自己的终极革命理想。从现实残酷的战争火焰起笔，转入清醒把舵的身份认定，最后以丧钟的意象来呼唤"融化万恶"的未来，在诗意上层层递进，意象选择上丰沛充盈，表现了要把旧世界打个落花流水的豪迈革命情怀。

60 杨靖宇

东北抗日联军第一路军歌

我们是东北抗日联合军，
创造出联合军的第一路军。
乒乓的冲锋杀敌缴械声，
那就是革命胜利的铁证。

正确的革命信条应遵守，
官长士兵待遇都是平等。
铁般的军纪风纪要服从，
锻炼成无敌的革命铁军。

亲爱的同志们团结起，
从敌人精锐的枪刀下，
夺回来失去的我国土，
解放亡国奴的牛马生活！

英勇的同志们前进呀！
赶走日寇推翻"满洲国"。
这一次的民族革命战争，
要完成弱小民族的解放运动。

高悬在我们的天空中，
普照着胜利军旗的红光。
冲锋呀，我们的第一路军！
冲锋呀，我们的第一路军！

　　这首作品是杨靖宇将军给东北抗日联军第 1 路军写的军歌。杨靖宇（1905—1940），著名抗日英雄、东北抗日联军创建人和领导人。他于 1929 年调赴东北工作。1933年 9 月，领导成立东北人民革命军第 1 军独立师，任师长兼政治委员。后任抗日联军总指挥部总指挥、抗日联军第1 路军总司令兼政委等职。1940 年在吉林濛江壮烈牺牲，时年 35 岁。这首军歌雄健而豪迈，像一股飓风，席卷着东北的高山峻岭，也让战士们的意志和斗志在歌声中凝聚起来。第一段描写战士们战斗的情形，用"乒乓"的声音来形容战士们冲锋、杀敌、缴械，非常直观，生动，形象。第二段写部队内部的情形：信念坚定、纪律严明、团结平等，这些才能让军队有战斗力，才能战胜精锐的敌军，解放深受日寇蹂躏的"亡国奴"。第三段加重写军队战斗的意义，那就是赶走日寇，让苦难深重的民族解放。第四段是用动态写出官兵们的气势和气魄，其中"军旗的红光"是诗的聚焦点，是火炬，更是战士们的勇气和信念，鼓舞更多的人跟随它勇往直前。这首歌曲充满了对革命必胜的信心和乐观主义精神，在当时的抗联战士中广泛传唱。时至今日，它的激情和永不卷刃的信念仍让后来者热血沸腾，勇往直前。

61 赵敬夫

远征颂

万里长征，山路重重。

热血奔腾，哪怕山路崎岖峥嵘。

纵饥寒交迫，虽雨雪狂风，

我同志，慷慨勇往直前，不怕牺牲。

奋斗！冲锋！

为革命，流尽血，

事业成，变为光明。

任何时代，烈士都是可敬的。为信仰，为国家或民族，为正义，或者为情义、忠心，命且不惜，视死如归，岂不壮哉！赵敬夫烈士的这首《远征颂》是写东北抗联远征的诗。赵敬夫（1916—1940），1935 年加入中国共产党，后调往东北抗日联军，历任 3 军 5 师宣传科长、3 师 8 团政治部主任、3 师代理政治部主任、第 3 路军 3 支队政治委员等职。1940 年率部保护第 3 路军总指挥李兆麟进行突围作战时中弹牺牲，时年 24 岁。作者以回忆的方式把战争置于远景中，寥寥数笔，旧景重现。他没有直接去写肉搏和厮杀，死亡和伤痛，而是从大处着眼，上来就说"万里长征，山路重重"，一下子就把人带入一种浑茫的气象中，随后浩气连绵，抑扬顿挫，词语中藏有金戈铁马之声。结尾处，诗人把远征的过程和目的落脚在信仰上，其心其志，都让人敬仰。

62 萧次瞻

读《感赋》有感敬和原韵（之一）

年来处处有奇闻，
安定心灵镇定魂。
残酷并非今创举，
斗争何地不留痕？

这首诗是萧次瞻于狱中所作的三首诗之一。由李策烈士从狱中在致其二弟的信中寄出。李策烈士在信上说："兹有殉道朋友遗作附上，望妥为保存，此皆他年博物馆中之珍物也。"又在另纸上写道："此诗均为一人所作……作者于本月七号晚殉道。"萧次瞻（1905—1940），早年加入中国共产主义青年团，后加入中国共产党。大革命失败后，先后以编辑工作、教育工作为掩护从事革命活动。1940 年不幸被捕，被国民党杀害于狱中，时年 35 岁。这首诗语言虽然非常朴素，但气魄宏大。"年来处处有奇闻，安定心灵镇定魂"，诗的起句看似平淡，但表现出诗人在复杂、残酷的斗争环境中，镇定自若。而这种从容和冷静来自战争的磨炼，来自信仰的坚定。"残酷并非今创举，斗争何地不留痕？"这是说，静水深流之下，肯定波涛翻滚。因为斗争是残酷的，可是残酷又算得了什么，没有哪一次革命是可以随随便便成功的，总要有人作出牺牲。诗写到这里，把他热爱祖国、热爱人民，随时准备为革命献身的崇高理想表现得淋漓尽致。

63 程晓村

给同志

去，勇敢的去吧！
望着死，
我也前去！
要自由，
怕死是懦弱的，
流出一条血路。
这一条路，
让后一代子孙走去。
要知道，
死了自己，

还有
无穷尽的
继起的同志。
无穷尽的后备军，
在踏着我们的血来了呀！
亲爱的同志！

　　程晓村（1913—1941），1936 年加入中国共产党，曾任中共鄱阳县委委员，1941 年被国民党反动派杀害，时年 28 岁。这首血染的诗，不仅仅是一篇烈士留下的诗体的誓言，而且是一种高贵信仰的完美呈现，更是一种高尚精神的纪实写真——为了实现民族解放，为了实现共产主义，而不惜牺牲个人生命的大无畏的革命斗志和精神向往："去，勇敢的去吧！望着死，我也前去！"一个为革命事业而忘我牺牲的人，是所向无敌的；一个勇于献身的民族，是无往不胜的。"要自由，怕死是懦弱的，流出一条血路。这一条路，让后一代子孙走去。"一个真正的革命者，必定会为自由而战，为民族而战！"死了自己，还有无穷尽的继起的同志。"正因为有无数革命前辈和先烈的无私奉献，新中国才有了今天的和平、自由和美好幸福生活。革命者需要无私奉献，继承者需要珍惜现在和未来。人类的发展、进步与变革，同样需要一代一代人"流出一条血路"——这冲锋的号角令后来者振奋，他们会像战士一样跃起，跟上来，向前冲！

64 袁国平

和毛主席长征诗

万里长征有何难？
中原百战也等闲。
驰骋潇湘翻浊浪，
纵横云贵等弹丸。
金沙大渡征云暖，
草地雪山杀气寒。
最喜腊子口外月，
夜辞茫荒笑开颜。

这首七律是袁国平读过毛泽东的《七律·长征》后写下的动人诗篇。袁国平（1906—1941），中国工农红军和新四军重要领导人之一。他于1925年加入中国共产党，参加了北伐战争、南昌起义和广州起义及历次反"围剿"作战和长征。全国抗战爆发后，任中共中央东南分局委员、新四军政治部主任。1941年1月，在皖南事变中受重伤殉国，时年35岁。诗中第一、二句先声夺人，破空而来，准确地传达出革命队伍所向披靡的精神风貌。三、四句写红军纵横驰骋、转战潇湘云贵，视脚底苍山如弹丸。五、六句描绘了江河、草地、雪山给征途带来的艰难险阻，但仍然势如破竹。七、八句写红军攻克腊子口后的喜悦心情。整首诗意境雄浑，思路开阔，由典型、生动的战争画面连缀而成，画面形象、直观地凸现出长征各程的特征，为读者勾画出感同身受、惊心动魄的跋涉和战斗场面。作者善于运用赋、比、夸张等多种表现手法，生动地展示了红军充满乐观精神和必胜信念的内心世界、革命军队临危不惧的英雄气概和对未来充满无限希望的思想境界。

65 吴建业

遗 嘱

上前去啊，
同志们，
跨过我的死尸。
请不要忘记，
当明天，
你们凯旋归来，
在我的坟上，
你可以采撷一朵鲜花。
请插在你的枪口上，
把它带给，
全世界劳动的人们，
因为这是我唯一的遗产。

　　这首诗是吴建业烈士奋斗终生、壮志未酬时的临终吁喊。吴建业（1913—1942），他在全国抗日战争爆发后，于1938年到延安抗大学习，加入中国共产党。后赴瑞昌、武宁一带组织抗日游击队。1941年被捕，1942年就义，时年29岁。作者在狱中，窗外是狱卒，脚下是镣铐，在信仰的支撑下，冲口而出，写下了这首《遗嘱》。诗歌内力充盈，"同志们"和"我"两条线索交叉向前。现实、未来，空间、时间汇聚在当下这个点上。"因为这是我唯一的遗产"，最决绝、最悲壮的涵义，达到情绪顶点，堪称诗眼。作者运用丰富的想象，以超越生死的革命浪漫主义手法，表达了为革命牺牲，无惧无畏的英雄气概。

66 黄 诚

亡 命

茫茫长夜欲何之？

银汉低垂曙尚迟。

搔首徘徊增愧感，

抚心坚毅决迟疑。

安危非复今朝计，

血泪拼将此地糜。

莫谓途难时日远，

鸡鸣林角现晨曦。

1936 年 2 月 29 日晚，国民党反动派闯入清华大学大肆搜捕进步学生，黄诚便在搜捕名单中。事后，他写下了这首亡命诗，以表达自己坚持抗争，不畏牺牲的精神。黄诚（1914—1942），他在清华大学读书时，便带领学生参加一二九运动。卢沟桥事变后，按党组织要求，以全国救国会代表的名义到刘湘部队做抗日救亡的统战工作。后任新四军政治部秘书处长。1941 年初在皖南事变中被俘，1942 年就义，时年 28 岁。诗歌从烈士置身于漫漫长夜开端，暗示当时社会的黑暗和革命事业的艰难。首句中"欲何之"、"曙尚迟"既是对自身处境的描述，也蕴含着他对国家命运何去何从的担忧和对光明的向往。"搔首徘徊增愧感，抚心坚毅决迟疑"，面对反动派的黑暗统治，经过内心的自我斗争，坚定了决不向黑暗势力妥协的信心。"安危非复今朝计，血泪拼将此地糜"，指的是为了革命事业和国家的未来，他将不计个人安危，即使丢掉性命也在所不惜。最后的"莫谓途难时日远"，指出革命事业困难重重，需要付出巨大的努力，但已经能够看到"鸡鸣林角现晨曦"了。表明红日东升是谁也不能阻挡的，胜利的曙光必定照亮整个世界。

67 刘 英

给妻子的题辞

站稳自己的立场，
把握住事件的真理，
任何麻醉欺骗与利诱，
均不能丝毫动摇我们的斗志与决心！

这是一首只有寥寥数句的短诗信札，体现了烈士坚定
而执着的理想信念。作者刘英（1905—1942），中国工农
红军红 10 军团和中共浙江省委重要领导人。他参加过红
军及中央苏区历次反"围剿"作战，历任中共浙江省委书记、
中共中央华中局委员、华中局特派员。1942 年在温州被国

民党逮捕,英勇就义,时年37岁。诗中开篇明确地说出了"立场"问题。"立场"是对一个人的精神本质而言的,它超越了自我的限制,是要为国家和人民的未来而战。但为了美好的明天,需要有一个共同的意志力量主导的理想主义,来激励"我们"为一种目标而努力。"事件的真理"在这里指的是坚定的信仰和坚强的意志力。"麻醉"、"欺骗"、"利诱"这几个词指的是反动派的嘴脸。烈士嘱托妻子,同时也是告诉自己,不管何时何地,受到何种事情的影响,都要从自己的立场出发,捍卫祖国和人民,坚持梦想和真理。任何时候,都不能动摇,都要彻底地保持着自己的坚定信念。他相信明天一定会美好。

68 刘铁之

诗一首

二月雪天，
被捕在"中大"门前，
个个绳捆索绑，
忍受警察皮鞭；
若问犯了何罪？
为爱我国锦绣江山！
坐囚车，
押解公安局转军监。
军监中，
"军法"严，

脚带镣，

衣衾寒；

铁窗里，

从此作了囚犯。

一天两个窝窝头，

两盅清水无有盐。

再想起：

敌人入腹地，

泪涟涟！

国将破，

家将亡，

民族将沦丧，

汉奸何无耻！

勾敌自残伤，

捕杀爱国人，

奴颜事东洋。

一朝人民翻身起，

叫你狗命见阎王！

　　这首诗是刘铁之在北平参加一二九运动被捕入狱时，在狱中所作的。刘铁之（1916—1942），土地革命战争时期在北平参加学生运动，抗战时期担任冀南行署秘书长，后到山西参加边区政府领导工作。1942年6月在日寇"大扫荡"中为转移同志，不幸壮烈牺牲。诗中的"中大"指北平中国大学。当日本军国主义铁蹄无情地践踏我们的国土时，作为执政党的国民党及其国民政府不仅不抵抗，反而更加血腥地镇压爱国学生抗日救亡罢课活动的行为，让他怒发冲冠，在狱中义愤填膺地写下了这首诗，强烈谴责日本军国主义的扩张侵略和国民党政府的卖国行径。全诗分成两个部分。从"二月雪天"到"泪涟涟"为第一部分，任是"绳捆索绑"，任是"警察皮鞭"，任是"脚带镣，衣衾寒"，任是"一天两个窝窝头，两盅清水无有盐"，也不改匹夫之志："为爱我国锦绣江山"。从"国将破"到"叫你狗命见阎王"为诗的第二部分，诗写到这里，作者再也控制不住内心的愤慨，寥寥几句，将胸中郁结，一吐为快，更加坚定了推翻反动腐朽统治，寻求革命真理的信心与决心。

**杨道生**

狱 中

中原大地起腾蛟，
三字沉冤恨未消。
我自举杯仰天笑，
宁甘斧钺不降曹。

这首就义诗，为杨道生遇害前于狱中所写。杨道生
（1911—1942），中共党员，从事党的文化出版事业，组
织家人出资为党创办战时出版社。1941 年党组织派他去乐
山工作，在途中被捕。1942 年被杀害于成都，时年 31 岁。
诗歌开篇便出手不凡，气势磅礴。1942 年正值抗日战争进

入如火如荼阶段，首句是说在中原大地上，此时的革命浪潮铺天盖地，风起云涌，如蛟龙腾跃和翻滚。第二句"三字沉冤恨未消"，引用南宋赵构、秦桧陷害岳飞以"莫须有"三字罪名的故事，实指国民党实行白色恐怖，以"莫须有"的"递纸条子"事件迫害革命者，表达对国民党反动派草菅人命的深切痛恨。"我自举杯仰天笑，宁甘斧钺不降曹"，引用《三国志》关羽不事曹操而终归刘备的故事，表明他为了革命事业，宁死也不投降。全诗直书其事，直抒其意，慷慨激昂，充分体现了革命烈士对党和国家忠心耿耿、对革命事业坚定不移以及视死如归的高尚情操。

70 陈法轲

狱中诗

磊落生平事，
临刑无点愁。
壮怀犹未折，
热血拼将流。
慷慨为新鬼，
从容作死囚。
多情惟此月，
再照雄心酬。

陈法轼（1917—1942），1939 年加入中国共产党，曾参与组建中共镇远县党支部并创办秘密刊物《海燕》，以多种形式积极动员民众，宣传抗日救国。1941 年 11 月被捕。1942 年在贵阳被国民党杀害，时年 25 岁。捧读这首诗，令人瞬间动容，迅速被带入历史的现场，重温陈法轼烈士那段为革命抛头洒血的烈火青春。面对死亡，却胸无点愁，这种气度，大概也只有心存大义、生平磊落的革命志士才能拥有。诗中以"慷慨"和"从容"来修饰"新鬼"和"死囚"，炼句惊艳而又举重若轻，尽管时代转变，至今读来，仍觉得境界高华，豪气冲天。壮志未酬身先死，头颅抛处血斑斑。对革命志士来说，死亡最可怕的不是肉身和灵魂的终结，而是雄心壮志未能如愿以偿。在阴暗逼仄的囚室之中，烈士把未竟之志托付给多情的月光，希望它再次照临时，正是雄心壮志实现的那一天。

71 蒲　风

热望着

在不远的彼方，
有光明在照耀。
热望，把握，追求，
粉碎身上枷锁，
建造甜的欢笑。
路不远，
心莫焦；
不是孤舟
在大海里漂；
不是只马单身

在日夜里奔驰、跃跳。
热望着，热望着⋯⋯
前有光明在引导，
前有光明在照耀！

1932 年 9 月，蒲风与穆木天、任钧、杨骚等人在上海发起成立"中国诗歌会"，以廓清诗坛迷雾，提倡和践行诗歌大众化为己任，动员和激励人民大众投身革命斗争，争取国家和民族的光明前途。蒲风（1911—1942），原名黄日华，1927 年开始诗歌创作。后参加左联，为中国诗歌会发起人之一。后加入中国共产党并参加新四军，曾任皖南文联副主任。在艰苦的环境中，他一手拿笔，一手拿枪，随军转战，坚持抗日。1942 年 8 月病逝，时年 31 岁。诗中蒲风和劳苦大众一起热望"粉碎身上枷锁，建造甜的欢笑"，因为前面有光明在引导和照耀。在黑暗的社会现实中，这首诗仿佛一簇燃烧的火苗，在为寻求生路的读者指引前进的方向。这是一首追求光明的战斗诗篇，语言通俗，风格刚健质朴。在这首诗中，我们看不到在艰苦环境中的诗人有一丝一毫的悲观绝望，而是怀着坚定的乐观主义精神，坚信黑暗终将过去、光明终将到来。

72 王凌波

诗一首

相识各年少，
而今快白头。
前途正艰巨，
拔剑断横流。

这首诗写于 1940 年，是为答赠姜国仁同志而写的。姜国仁是王凌波的妻子兼战友。1940 年，王凌波 52 岁生日时，她题诗一首互相勉励。王凌波（1888—1942），中共党员，马日事变后，曾两次被捕入狱。全国抗日战争爆发以后，担任八路军驻湘通讯处主任兼新四军驻湘办事处主任。1942年，因病逝世，时年54岁。1940年正是抗日战争最艰苦的阶段，王凌波在这首诗中，表示了坚决为民族的解放而英勇斗争的决心。该诗笔健境阔，志坚意定，格调高昂。一、二两句，回忆总结了他们从相识到相知，从少年到白头的爱情及革命历程。一路携手走来，他们既是夫妻，又是战友，始终不离不弃。"而今快白头"，一语双关，一方面借用西汉卓文君《白头吟》中的诗句"愿得一心人，白头不相离"之意，表达他们夫唱妇随，志同道合，志在为革命到白头的美好愿望；另一方面，也如杜甫《春望》中的诗句"白头搔更短"，为了祖国，为了人民，呕心沥血，青丝变为白发。"前途正艰巨，拔剑断横流"，作者从回忆转到当前，从夫妻情长转到前途未卜的革命事业；后一句就前一句生发，揭示了"革命尚未成功，同志仍需努力"的道理和共同的信念。横流，本指洪水泛滥，此处指日寇侵略给中华民族带来的深重灾难。这首诗虽说是回赠给妻子的，但又何尝不是激励每一个中国人的呢？全诗语言明快爽切，不蔓不枝，一颗报国之心，昭然可见；一腔爱国之情，喷薄而出。

73 林基路

囚徒歌

我噙泪低吟民族的史册，
一朝朝，一代代，
但见忧国伤时之士，
赍志含忿赴刑场。
血口獠牙的豺狼，
总是跋扈嚣张。

哦！民族，苦难的亲娘！
为你那五千年的高龄，
已屈死了无数的英烈。

为你那亿万年的伟业，
还要捐弃多少忠良！
铜墙，困死了报国的壮志，
黑暗，吞噬着有为的躯体，
镣链，锁折了自由的双翅，
这森严的铁门，囚禁着多少国士！
豆萁相煎，便宜了民族仇敌。
无穷的罪恶，终要叫种恶果者自食，
难闻的血腥，用噬血者的血去洗。

囚徒，新的囚徒，坚定信念，贞守立场！
砍头枪毙，告老还乡；
严刑拷打，便饭家常。
囚徒，新的囚徒，坚定信念，贞守立场！
掷我们的头颅，奠筑自由的金字塔，
洒我们的鲜血，染成红旗，万载飘扬！

林基路（1916—1943），1935 年加入中国共产党，
1942 年遭反动军阀盛世才逮捕入狱。林基路等坚贞不屈，
在狱中建立党的秘密组织，继续同敌人进行坚决斗争。次
年，林基路在迪化（今乌鲁木齐）第四监狱东院 5 号，用
香灰头写下了这首《囚徒歌》，表达了对革命的忠贞和坚

定的信念。不久，他牺牲于新疆狱中，时年27岁。从这首诗的开头起，林基路以"噙泪""赍志含忿"的沉重之心，感慨千古以来为中华民族舍生取义的志士，同时也表达他对"血口獠牙的豺狼"一腔悲愤之情。这个"豺狼"，其实是指反动军阀盛世才等一批"积极反共，消极抗日"的反动势力，他们不顾民族存亡，对人民残酷迫害，对敌人投降妥协。接着，在诗中，他把中华民族比作"苦难的亲娘"。为了这位"亲娘"，无数"英烈""忠良"被"豺狼"们制造出来的"铜墙""黑暗""镣链""铁门"折磨死了。这是用壮士报国的悲惨结局，来揭露反动势力的黑暗。在抗日战场上，国内反动势力对抗日志士挥动屠刀，简直比曹魏时期曹丕迫害其弟曹植，导致"豆萁相煎"，还要残忍。而我们民族的仇敌——日本侵略者却因为我们内斗占了大便宜。林基路在诗里诅咒：做出这样亲痛仇快的罪恶之事，到头来，反动者定会自食其恶果。最后，林基路勉励狱中的战友们要"坚定信念，贞守立场"，即使"严刑拷打"也不屈，"砍头枪毙"也不怕。他希望能和狱中"囚徒"战友们抛头颅，来"奠筑"未来自由的理想国家，希望洒尽鲜血，染红中国共产党的伟大旗帜，使之"万载飘扬"。尾音高昂悲壮，强烈地表达了一个共产主义战士不怕牺牲，甘愿为国捐躯的崇高境界。

74 朱学勉

有 感

男儿奋发贵乘时，
莫待萧萧两鬓丝！
半壁河山沦异域，
一天烽火遍旌旗。
痛心自古多奸佞，
怒发而今独赋诗。
四万万人同誓死，
一心一德一戎衣。

朱学勉（1912—1944），曾任中共鄞县县委组织部长、余姚县委书记、诸暨县委书记、浙东游击队金肖支队第1大队大队长。1944年与日伪军作战时牺牲，时年32岁。朱学勉尤其喜欢鲁迅的作品，并接触进步书刊，曾以笔名发表文章及诗作。这首诗中"痛心自古多奸佞，怒发而今独赋诗"的句子，有鲁迅先生"怒向刀丛觅小诗"般的忧愤和正气。在河山沦丧、烽火不歇、奸佞当道、内忧外患的社会现实中，作者痛心疾首，激发了奋勇革命，莫待白头空悲叹的革命斗志。除了寄托个人的革命信念，他还在诗歌中大声疾呼，号召四万万同胞同心同德，团结起来保卫祖国山河。全诗激昂慷慨、力透纸背地抒写出作者强烈的爱国主义精神和抗日救国的决心。

75 张 侃

我们的血

用我们的血，
争取自由，
建立新中国。
用我们的血，
洗尽人类史上的腐毒，
澄清太平洋上的烟雾。
流我们的血，一面为了自己，
流我们的血，一面为着人类的和平。
日本的封建军阀，太平洋上的强盗，
你爱弄战争，

我还敬你战争。

东方的曙光映着我们的血花，

渐渐明亮。

张侃（1902—1944），中共党员，曾由中共中央派往苏联学习，1936 年回国。卢沟桥事变后，先后在湘赣从事抗日救亡工作。1942 年冬，被捕入狱。1944 年因受刑讯过重而牺牲狱中，时年 42 岁。这首诗中连续出现四个"我们的血"，第一句"我们的血"，是将"自由"和"新中国"联系在一起的。人们有了自由，才可以谈理想，谈新中国的未来。为了这个目标，我们的血，不是不可以流，而是应该流。血，喻示的是群体力量的勃发。第二句"我们的血"，是第一句的承接。"洗尽人类史上的腐毒，澄清太平洋上的烟雾。"由国家民族，上升至整个世界，胸襟巨大，涵盖广阔。"人类史"是国家的，也是个人的。"太平洋上"（日本）的侵略者踏破了海洋，在我们生死相依的国土上燃起硝烟，我们要团结起来，为国家而战。这个句子里连续用了两个动词"洗尽"、"澄清"和两个形容词"腐毒"、"迷雾"，来喻指侵略的酷烈和残暴。第三句"我们的血"，是血已经开始流淌，就要义无反顾地牺牲自己。第四句"我们的血"，是第三句的递进，更高昂激烈，将心声推至高潮，点出了对"太平洋上的强盗"不能容忍。他敢来犯，我们就要让他有去无回——层层推进、步步激烈的诗句铿然有力，读来令人血热。

76 陈 辉

诗一首

英雄非无泪，
不洒敌人前。
男儿七尺躯，
愿为祖国捐。
英雄抛碧血，
化为红杜鹃。
丈夫一死耳，
羞杀狗汉奸。

"英雄非无泪，不洒敌人前。"简捷刚劲的诗句，把人们带回那血色漫空的抗日战场，带回中华民族为争取独立和胜利而浴血奋战的峥嵘岁月。本诗作者陈辉（1920—1945），1938年加入中国共产党，进入抗日军政大学学习。曾在房（山）、涞（水）、涿（县）三县联合政府工作，任县青救会宣传委员、区委书记等职。1945年，遭日伪军包围，壮烈牺牲，年仅25岁。这首诗的基调是：跨越时空、跨越生死。这是一个英雄、一个战士，面对死神威胁发出的舍身许国、生死不悔的誓言。"男儿七尺躯，愿为祖国捐"，这誓词般的句子简短、丰盈而真实，犹如赤子对母亲的诉说。轻度的语言摩擦感，呈露出对生命的眷恋和为国舍生的高贵。"碧血"、"杜鹃"这一源自中国古典神话的意象组合，有效化解了前几行诗句的紧张感，强化了牺牲报国的圣洁与神圣。"丈夫一死耳，羞杀狗汉奸"，则用强烈的忠与奸的对比，鲜明的价值评断，为全诗增加了斩钉截铁、快意恩仇的决绝气概。

　　生长于风光绮丽的洞庭湖畔，转战于慷慨悲歌的燕赵大地，25岁就血洒疆场的天才诗人陈辉，曾创作出大量曼妙华章。但在晋察冀边区最艰险的反扫荡岁月中，在每一分钟都决定生与死的血火沙场，他放弃了浪漫灵动的抒情风格，转而采用简短苍劲的五言古诗形式，为中国诗歌史留下了一个戎马倥偬、视死如归的刚毅背影。

77 李少石

南京书所见

丹心已共河山碎，
大义长争日月光。
不作寻常床箦死，
英雄含笑上刑场。

这首诗为七言绝句，是李少石烈士 1931 年在南京狱中所作。李少石（1906—1945），20 世纪三四十年代党的秘密交通和统战工作者。他在大革命时期加入中国共产党，曾在香港海员工会、上海工人通讯社、中共江苏省委宣传部工作。1945 年不幸遇难，时年 39 岁。全诗正气凛然，充满英雄气概，称得上是革命英烈千古丹心、可昭日月的情怀表白。诗歌开头两句，就直抒胸臆。"河山碎"说的是当时的历史现实，九一八事变以后，国民党南京政府奉行不抵抗主义，日本侵略者气焰嚣张，步步进逼，祖国山河支离破碎，大片国土在侵略者的铁蹄之下沦陷。在国家危难时刻，热血青年挺身而出，李少石就是其中的代表人物，他喊出了爱国志士的心声，"丹心已共河山碎"，为祖国的沉沦而痛心疾首，但他表示自己会站出来，为国家和民族的命运抗争，"大义长争日月光"。"不作寻常床箦死，英雄含笑上刑场"，这是英雄的誓言和宣言，这种气贯山河的气势，将全诗推至高潮，可谓赤子情怀，肝胆相照。"不作寻常床箦死，英雄含笑上刑场"，这一句在历史上是有典故的。床箦泛指床铺。东汉光武帝时，名将马援奉命赴边疆抵御外族，在沙场上屡建奇功，尤其抗匈奴伐交趾，战功显赫，被封为"伏波将军"。他年过花甲之时，贵州又现战乱，光武帝忧心忡忡，马援自愿请求出征，说："男儿要当死于边野，以马革裹尸还葬耳，何能卧床上在儿女手中邪？"后来，这一名言激励着无数为国奋战的英雄男儿。李少石此句，即化用了这一含义，宁战死沙场，不病死床上，以此表达愿意为革命事业奉献一切的坚定立场和决心。

78 吕惠生

留取丹心照汗青

忍看山河碎？
愿将赤血流！
烟尘开敌后，
扰攘展民猷。
八载坚心志，
忠贞为国酬。
且欣天破晓，
竟死我何求！

这是吕惠生牺牲前托人从监狱中传出来的诗歌。吕惠生（1903—1945），参加过武装抗日部队，后加入中国共产党。曾任江苏仪征县县长、安徽无为县县长、皖江行政公署主任。1945 年因国民党军袭击被捕，不久后被杀害，时年 42 岁。他曾自勉："我再不加紧报以工作，我也是没有心肝……因此，三更灯火五更鸡，累断命根也不迟疑了。生命只有一条在此：干吧！鞠躬尽瘁，死而后已。"而这首诗字字泣血又句句洪钟，更是让一代代的读者瞻仰先烈之人格的高迥——"忍看山河碎？愿将赤血流"。吕惠生作为一个革命者也真正地践行了他的诗魂——"八载坚心志，忠贞为国酬"。他"且欣天破晓，竟死我何求"的雄心壮志，激励了数不胜数的革命后来者。这首自名为《留取丹心照汗青》的诗，很自然地让我们想到文天祥的千古名句——"人生自古谁无死，留取丹心照汗青"。是的，人固有一死，而吕惠生不仅让生命在诗歌中得以永生，而且让生命在历史中得以永生。

79 叶 挺

囚 诗

为人进出的门紧锁着，
为狗爬走的洞敞开着，
一个声音高叫着：
爬出来呵！
给尔自由！
我渴望着自由，
但也深知到人的躯体那能由狗的洞
子爬出！
我只能期待着那一天
地下的火冲腾，

把这活棺材和我一齐烧掉，
我应该在烈火和热血中得到永生。

这首诗写于皖南事变后，叶挺被囚期间，是他以《囚诗》的样式题写在监狱的墙壁上的铮铮誓词。叶挺（1896—1946），人民军队的重要创建人和新四军重要将领，杰出的军事家。他早年赴苏联东方劳动大学与军事学校学习，回国后担任国民革命军独立团团长，率部参加北伐战争。先后参加南昌起义和广州起义，后任新四军军长。皖南事变时被国民党非法逮捕。1946 年 3 月经中共中央营救出狱，重新加入中国共产党。4 月 8 日自重庆飞返延安，途中因飞机失事遇难，时年 50 岁。这是一首白话诗，明朗畅晓，生动形象，以狗爬走的洞和人进出的门作对比，质问人生的终极命题：生死，自由，尊严。自由很重要，自由是生命的本质，但首先，人要成其为人，要有人的尊严。叶挺在诗中给出了自己的答案。全诗质朴厚重，不讲究技巧，几乎是冲口而出。这是长期的生命积累一朝喷薄的结果，这是用生命写就的诗。郭沫若称赞这首诗说："这里燃烧着无限的愤激，但也辐射着明澈的光辉，这才是真正的诗。"作者有峻烈的正义感，使他横逆永不屈服，而同时又有透辟的人生观，使他自己超越一切的苦难之上。现在果真是"地下的火冲腾，把这活棺材和我一齐烧掉"，而他在烈火和热血中得到了永生。

80 关向应

征　途

月色在征尘中暗淡，
马蹄下迸裂着火星。
越河溪水，
被踏碎的月影闪着银光，
电火送着马蹄，
消失在稀微的灯光中。

这首诗勾勒出行军途中的一个画面：银色的月光下，战士策马奔腾，奔赴前线，马蹄风驰电掣般越过溪水，踩碎了水面上摇动着的银白色月光，转眼消失在冷僻的荒野中。关向应（1902—1946），我党我军卓越的政治工作领导人和优秀指挥员。他于 1925 年加入中国共产党，曾任团中央书记、红二方面军政治委员、八路军 120 师政治委员。1946 病逝于延安，时年 44 岁。这首诗中，关向应不直接写战士，不直接写战斗前摩拳擦掌的紧张状态，而是侧面描写奔袭的一个瞬间，让月色、马蹄、溪水等作为诗歌描写场面中的主要角色，从场景与细节上生动地衬托出千军万马迅猛而有序的行进画面，同时渲染出军队强大的战斗力和所向无敌的气势。这种巧妙的构思，在艺术手法上取得了引人入胜的效果。能让我们感受到作者细腻的观察力与指点江山、把控战局的豪迈战斗情怀。

81 车耀先

自誓诗（之一）

喜见东方瑞气升，
不问收获问耕耘。
愿以我血献后土，
换得神州永太平。

车耀先（1894—1946），早年曾经信仰宗教，但最终在革命的洗礼中找到了共产主义。他长期在成都做党的地下工作，曾任中共四川省委军委书记。1940 年在成都被捕，他把监狱作为特殊战场，同其他难友一起，建立了狱中党支部，与敌人进行坚决斗争。1946 年在重庆牺牲，时年

52 岁。这首诗感染读者的正是"思想的胜利"，更重要的是这首诗带有"预言"的性质，预言了自己的生命结局，也预言了神州太平、世界大同的最终到来。这首诗实现了语言与生命之间的真正统一。《自誓诗》是车耀先在入党之后写就的，而诗人最后以牺牲实现了人生追求，用生命践行了革命精神。这样的诗句必然是具有撼动人心的长久的精神魅力的——"愿以我血献后土，换得神州永太平"。烈士的鲜血染红了即将到来的黎明，也染红了内心喷涌而出的诗句，最终实现了自己的遗愿："投身元元无限中，方晓世界可大同。怒涛洗净千年迹，江山从此属万众。"

82 罗世文

无　题

故国山河壮，
群情尽望春。
"英雄"夸统一，
后笑是何人？

　　罗世文遇难前朗诵的这首诗，当是临刑口占之作。罗
世文（1904—1946），早年积极参加学生运动，曾任中共
川西特委书记、四川省委书记、《新华日报》成都分社社
长。1940 年在成都被捕，在狱中以各种方式坚持斗争。
1946 年被害，时年 42 岁。六年的牢狱生活并没有摧毁他

的革命意志，反而使他愈挫愈坚。"面对一切困难，高扬我们的旗帜"是他给党组织留下的最后一句话。"故国山河壮，群情尽望春"，化用杜甫《春望》诗"国破山河在，城春草木深"之句，杜诗写此句是对国家破碎的深深忧虑，然忧则忧矣，别无他法，只能发出"白头搔更短"之叹。而此诗重在"群情尽望春"：群情，指群众都在盼望解放，奠定了"国家兴亡，匹夫有责"的高昂格调，同时也说明了广大人民群众高涨的爱国之情势不可挡。"'英雄'夸统一，后笑是何人？"这里"英雄"是对蒋介石之流的讽刺，他们曾经夸口要"统一全国"，企图把全国人民置于独裁统治之下，可他们的妄想注定要失败，最后胜利必然属于人民，笑到最后的必然还是人民。这首五言绝句，是罗世文对国民党反动派的独裁统治强有力的鞭挞，指出了历史的趋势是人民必胜、共产党必胜。

哭辽东

哭罢江山无泪流，
亡国惨祸已临头！
恨尔民贼方得意，
哀此匹夫能不羞？
复我片土可百世，
杀敌一毛足千秋！
男儿一副好身手，
拼将热血洒神州。

1931 年九一八事变后，李贯慈烈士写下了这首《哭辽东》。李贯慈（1908—1947），早年在山西配合八路军开展抗日救亡运动，后到晋察冀边区，曾任阳曲县委书记、灵寿县抗日政府县长、平西专区专员、冀东行署秘书长等职。1947 年因积劳成疾病逝，时年 39 岁。这首诗共八句。第一句"哭罢江山无泪流，亡国惨祸已临头！"意思是哭完江山就没有泪了，因为亡国的惨祸已经降临到我们头上。这一句"哭罢江山无泪流"，虽有些夸张，但写出了作者满腔的爱国热情，此生所有的泪都是为了祖国的大好河山而流。"恨尔民贼方得意，哀此匹夫能不羞？"是说你们这些强盗正在得意洋洋，我这个炎黄赤子能不羞愧吗？这一联，用强烈的对比抒发自己的家国情怀。第三句"复我片土可百世，杀敌一毛足千秋！"意思是收复国家的一寸土地，就足以流芳百世，杀死敌人一个就足以名垂千秋，用夸张到极致的手法强调正义的重要性。"男儿一副好身手，拼将热血洒神州。"中华儿女都有一副好的身手，应该不惜万难，将一腔热血献给神州大地。整首诗浅显易懂，直抒胸臆，慷慨激昂，铿锵有力，如战斗的号角、救亡的钟声，气贯长虹，振奋人心，具有较强的感染力和号召力。

84 续范亭

绝命诗

赤膊条条任去留，
丈夫于世何所求？
窃恐民气摧残尽，
愿把身躯易自由。

　　1935 年底，怀着极其沉痛的心情，续范亭在南京登上中山陵进行拜谒。他向孙中山先生鞠躬致意后，举刀自戕，希望用自己的鲜血唤醒国人，团结一致，共同抗日，救国救民于危难之时。后被人救起，在他的身上发现了这首《绝命诗》。续范亭（1893—1947），著名爱国将领。他早年加入同盟会，九一八事变后，反对对日妥协，呼吁抗日。曾任山西新军总指挥、中国人民解放区人民代表会议筹委会副主任委员等职。1947年病逝，时年54岁。他在遗书中请求加入中国共产党，经中共中央批准追认为正式党员。

这首诗第一句"赤膊条条"强调主人公把国家的前途、人民的命运，放在高于一切的位置，而为此自己不惜奉上最珍贵的性命，并且毫不吝惜，毫无牵挂。第二句"丈夫于世何所求？"指出男儿在世，当有大抱负、大担当，不能苟且偷生，屈服于强大的恶势力。大丈夫立于天地之间还有什么值得追求？引出下文。第三句"窃恐民气摧残尽"，是说大敌当前，最怕大家甘当绵羊，任人宰割。如果民众没有斗志，丧失了自强的气势，不奋起反抗，就只能束手就擒，做亡国奴了。因此，为唤醒民众，自己愿意流血，愿意以死醒民。最后的"愿把身躯易自由"，如同从胸膛里发出的一声长啸，点明了主旨，升华了境界。诗中的"自由"，不是作者自身的自由，而是全国人民在自己的国家生活和生存的自由。读这首诗，很容易让我们想起裴多菲的名诗："生命诚可贵，爱情价更高。若为自由故，两者皆可抛。"两者的主题不谋而合，有异曲同工之妙。

85 谢士炎

就义诗

人生自古谁无死，
况复男儿失意时。
多少头颅多少血，
续成民主自由诗。

谢士炎牺牲后，在烈士遗体的裤后口袋里，人们发现了这首血迹斑斑的遗诗《就义诗》。谢士炎（1912—1948），中共秘密党员，1947年调任国民党保定绥靖公署少将处长后，向党提供了一系列重要军事情报。同年被捕，先后被关押在北平监狱和南京陆军中央监狱。1948年英勇就义，时年 36 岁。谢士炎以义无反顾的英雄气概，写下了浩气长存的英雄诗篇，充分体现了他追求"民主自由"的政治信念。谢士炎烈士留下的诗句，快意如刀，直抒胸臆，狱友们还记得他另一首在狱中写下的佳作："华夏神州炮声隆，英雄效命为工农。生死一线咫尺外，青春原是血染红。"堪称一曲英雄的青春颂。

86 高　波

狱中诗

本为民除害，
那怕狼与狗。
身既入囹圄，
当歌汉苏武。

　　这首诗是高波在兰州集中营时写的。高波（1913—
1948），是一名有着坚定革命理想的共产党员。1938年他
从抗日军政大学毕业后，进入烽火剧团工作。1947年，不
幸被国民党反动派逮捕，后被转押至兰州集中营。次年，
高波在南京雨花台英勇就义，时年35岁。这首诗高昂激越，

体现了烈士誓与敌人斗争到底的革命意志，也是烈士为解放事业不畏生死，绝不投降的内心写照。社会黑暗，现实残酷，诗人却喊出了极具力量的一句话——"本为民除害，那怕狼与狗"，表明为民除害乃顺天应人，是人民群众的需要和渴望。"狼与狗"更是形象地刻画出反动势力凶残的丑恶嘴脸，也衬托出诗人所处环境的险恶。社会颓败，狼狗横行，诗人却没有胆怯后退，而是把"除害"当作己任，视"狼与狗"如无物，从侧面表达了不论敌人多么残酷，自己都将与之斗争的坚决态度。"身既入囹圄，当歌汉苏武"，此处巧用历史典故，使全诗的主旨得到了升华。苏武持节出使匈奴被囚十九年，受尽折磨，但他仍坚守气节，誓死不降。诗人借此表达自己虽然身在狱中，但绝不会向黑暗势力妥协，头可断，而志不可灭。在敌人的折磨与逼迫下，他高唱革命理想，让我们看到了一个有着忠贞革命情怀的人的光耀形象。

87 任 锐

重庆赴延安途中口占寄儿

儿父临刑曾大呼：
"我今就义亦从容。"
寄语天涯小儿女，
莫将血恨付秋风。

　　这首诗是任锐烈士由重庆赴延安途中写的。任锐
（1891—1949），早年参加中国同盟会，后加入中国共产党。
她是孙炳文烈士的妻子，长期抚育烈士遗孤，积极参加革
命活动，曾担任陕甘宁边区政府监印，1949 年因积劳成疾
在天津去世，时年 58 岁。受她的影响，她的儿女都走上

了抗日救亡道路。长女孙维世被周恩来收为养女，后来成为新中国戏剧家；两个儿子都披上戎装，次子孙名世1946年秋牺牲于牡丹江。这首诗包含了一个革命家庭的命运和情怀，读之慷慨激昂、令人动容。"儿父临刑曾大呼：'我今就义亦从容'"，是说你们的父亲被敌人杀害时，无所畏惧，在刑场大声疾呼"我是为正义而死的！""寄语天涯小儿女，莫将血恨付秋风"，是她寄希望于自己的儿女，继承父亲的遗志，不能让他的血白流。后来，任锐的儿女，正是踏着父辈的血迹，一个个走上民族解放的道路。这样的诗篇，绝非笔墨能写，它蘸满了志士的热血，警醒天下的儿女，即使走到天涯海角，都要为伟大的革命事业而拼搏，而战斗，而鞠躬尽瘁，死而后已。

88 陈国桢

除夕同台湾同志登汶阳山

除夕登高瞰远陬，
萧森云物眼中收。
千层碧瓦侔金谷，
一片寒滩枕夕流。
长啸碧空惊宿鸟，
穷探幽壑等浮鸥。
多情畴似谷中侣，
岁暮荒山泛漫游。

箕踞冈头谈革命，

个中滋味傲王侯。
频年奋斗心尤壮，
此日登高兴未休。
击楫每怀瀛海治，
乘风幸负鹭江游。
淋漓竞向寒潮诉，
胜似西窗作楚囚。

陈国桢（1898—1949），早年在福建从事党的工作，曾在厦门两次劫狱斗争中，以《商报》主编名义掩护出狱同志。后赴南洋，曾在新加坡主编《白虹月刊》和《闽侨月刊》。回国后党派他到闽南建立地下组织。1949 年被国民党逮捕杀害，时年 51 岁。1929 年陈国桢烈士写这两首诗时才 31 岁。一开头诗人就向我们呈现了登高远望，眼底尽收天下万物的壮阔场景。接下来的"宿鸟"、"浮鸥"、"谷中侣"等柔情之词，诗人又让诗意来了一个美妙的迂回，用别样的幽深，衬托了前面的空阔，使诗意的推进层层叠叠，曲折有致，张弛得法。这是第一首。第二首笔峰一转，从客观状物折向述志："箕踞冈头谈革命，个中滋味傲王侯。"箕踞，伸直两腿坐在地上，形似箕。以这种很坦然很豪迈的身姿，指点江山，畅谈革命，畅谈胜利后祖国美好的前景，因心底唯有为国为民的天地可鉴之心，虽非王侯，岂是那些日夜掂量着自个儿封土的王侯所能比拟的？诗到此，一股革命浪漫主义的豪情已跃然纸上，而"频年奋斗心尤壮，此日登高兴未休"又将这种豪情往前远推：曲折漫长的斗争之路，非但没有消磨心中的意志，反而更坚定了革命者旺盛的斗志。最后四句，诗人更是将自己的意愿诉诸笔端：要乘风破浪，一鼓作气将帝国主义赶走，作为一名革命者，一定要有所作为，只要主义真，宁可抛头颅洒热血，也胜似做一个毫无抗争力的囚徒。隔了差不多一个世纪，读着这样的诗，我们仍被深深感动着，那是艺术的力量，同时更是那一代热血青年强大的精神力量。

89 余文涵

铁窗明月有感

铁窗明月恨悠悠，
无限苍生无限仇。
个人生死何足论，
岂能遗恨在千秋！

　　黎明的曙光即将到来之时，余文涵不幸被捕入狱。他拒绝敌人的诱惑，不卑不亢，在酷刑折磨之下，仍坚持自己的革命信念，誓死不降。当敌人向他挥起屠刀时，他更是面不改色，引颈迎刀，英勇赴义。牺牲前，写下了这首《铁窗明月有感》。余文涵（1918—1949），1938 年 6 月受上级委派从事工运工作，后任中共达县特支书记、达县县委书记、庆南长边委书记、川南六县（江安、长宁、南溪、庆符、珙县、兴文）边区县委书记等职。1949年5月被捕，次月被秘密杀害，时年31岁。全诗第一句"铁窗明月恨悠悠"，铁窗、明月极为形象，仿佛将作者被囚于牢笼的画面置于我们面前。沉沉黑夜，唯一可宽心的本应是这明月，但明月容易牵动愁绪，反将这黑夜变得更加死寂，无限的忧愁在月色照耀下，侵蚀着作者的内心。这样的环境，也让作者对不能继续他的革命事业而感到悲愤与不甘。第二句"无限苍生无限仇"引出了作者恨悠悠的原因，既是担心苍生所受的苦难，也是对黑暗的反动派制造杀戮与恐怖的痛恨。第三句"个人生死何足论"，作者抛开个人生死，为理想、信念而甘愿牺牲的精神瞬间升华了主题，这也是一个共产党人在面临生死关头所体现出来的崇高精神。第四句"岂能遗恨在千秋"承接上句，表明作者为了革命信仰绝不委曲求全、纵使牺牲也绝不苟且的高尚情怀，他始终坚持一个共产党人的忠贞血性，铮铮铁骨傲然不倒。全诗立意高远，格局开阔，表现了作者崇高的革命情怀和奉献精神，作者心系苍生，不计个人生死，展示了"中国脊梁"的力量与光耀。

90 宋学芬

感 事

轰隆平地一声雷，
指日偕亡亦快哉！
亚陆风云终变色，
中原萁豆实堪哀。
廿年征战将军老，
百姓其苏我后来。
且待苍生霖雨遍，
与君重话劫余灰。

宋学芬（1916—1949），1938年5月加入中国共产党，抗战期间经党组织同意，加入国民党，从事地下工作。后在贵州秘密筹建游击武装，开展敌后武装斗争。1949贵阳解放前夕被捕并遭杀害，时年33岁。1945年抗战胜利后，国民党酝酿发动内战，为了戳穿国民党阴谋，消除老百姓疑虑，宋学芬写了这首《感事》。一、二句是说，日本投降的消息像平地响起了一声春雷，让全国人民欢欣鼓舞，欣喜若狂。三、四句说，亚陆大地的形势却风云变幻，让人不悦，这就是华夏兄弟却要像萁豆相煎一样自相残杀，以此揭露和痛斥国民党发动内战的罪行。五、六句是对战争和形势的感叹：这么多年的南征北战，将军老矣，但百姓渴望幸福和安宁，还在殷切盼望我们去解放，革命事业还没有结束。最后两句展望未来：等到天下苍生的生活都幸福美好的时候，我们愿意与大家一起心平气和地谈论如烟的往事和胜利的喜悦。此诗在审美上属于悲慨，既有对国民党发动内战的悲愤，又有对深处水深火热之中百姓的怜悯，更多的是表现了一个共产党员为了人民甘愿先天下之忧而忧后天下之乐而乐的情怀。

91 陈　然

我的"自白"书

任脚下响着沉重的铁镣，
任你把皮鞭举得高高，
我不需要什么自白，
哪怕胸口对着带血的刺刀！

人，不能低下高贵的头，
只有怕死鬼才乞求"自由"；
毒刑拷打算得了什么？
死亡也无法叫我开口！

对着死亡我放声大笑，
魔鬼的宫殿在笑声中动摇；
这就是我——一个共产党员的自白，
高唱凯歌埋葬蒋家王朝。

　　《红岩》中那个为印刷对敌斗争的《挺进报》，坚持到最后一刻的革命者成岗的原型，就是烈士陈然。陈然（1923—1949），早年投身抗日救亡运动，1939年加入中国共产党。曾任中共重庆市委《挺进报》组织委员、特支书记，负责报纸的油印工作。1948年，由于叛徒出卖被捕，囚于重庆白公馆监狱。次年遇害，时年26岁。

　　在白公馆残酷的监狱中，国民党特务用老虎凳等酷刑把他折磨得死去活来，体无完肤，双腿因粉碎性骨折而寸步难行。硬的不行，特务们又用书写"自白书"来引诱他叛变。但一位大无畏的革命者，怎会因为威逼利诱和死亡的威胁而动摇呢？又怎么会在所谓的"自白书"上，低下他高贵的头颅呢？这首震撼人心、人人称颂的诗，便是陈然在狱中威武不屈的真实记录和心灵呐喊：沉重的铁镣只能为革命者心中的壮歌增加分量；反动派的皮鞭高高举起，却是那么无力；即使面对死亡，他也会发出响亮的震彻黑暗世界的笑声。而这震撼敌人魔窟的笑声，有对国民党当局和他们的爪牙极端的蔑视，也有对即将到来的光明世界

的期盼。与陈然的生平相对照，我们可以看到，他之所以无所畏惧，之所以藐视残暴和死亡，来源于他具有坚定的任何力量也不可动摇的信仰，来源于他对革命的成熟思考、深刻的理解，同时也来源于他高洁的人格。是啊，脚下响着沉重的铁镣算什么？毒刑拷打算什么？"哪怕胸口对着带血的刺刀！人，不能低下高贵的头"！因为，你既然认定了真理，就要为它奉献出一切。末句"高唱凯歌埋葬蒋家王朝"，就是"一个共产党员的自白"，洋溢着必胜的信念。这是一首用生命和信仰铸成的动人心魄、畅快淋漓的著名诗篇。

92 蓝蒂裕

示 儿

你——耕荒，
我亲爱的孩子，
从荒沙中来，
到荒沙中去。

今夜，
我要与你永别了。
满街狼犬，
遍地荆棘，
给你什么遗嘱呢？

我的孩子！

今后——
愿你用变秋天为春天的精神，
把祖国的荒沙，
耕种成为美丽的园林！

《示儿》是蓝蒂裕烈士赴刑场时交给难友的一首遗诗。蓝蒂裕（1916—1949），1938年在万县师范学校求学时加入中国共产党，后长期在重庆一带从事革命工作。1948年因叛徒出卖被捕，重庆解放前夕惨遭杀害，时年33岁。蓝蒂裕在渣滓洞监狱中屡受敌人酷刑折磨，始终顽强不屈，并为"铁窗诗社"撰写了《入狱杂咏》、《迎胜利》等战斗诗篇，鼓舞难友们的对敌斗争信心，鞭挞敌人的残暴。《示儿》一诗，爱憎分明，感情真挚，语言朴素。"你——耕荒，我亲爱的孩子，从荒沙中来，到荒沙中去"：在"荒沙"般的历史环境中，一个为革命东奔西走的父亲，对儿子的生存和生长多么无奈，但他激发儿子必须到"荒沙"中去。"今夜，我要与你永别了"，仅仅九个字，却表达出了巨大的伤痛、不舍和浓郁而忧伤的父爱。在"特务与不支持革命的人"的周围，在"危机和惨淡的国家现状"面前，在赴刑场的路上，一个父亲能留给儿子的，恐怕只能是希望与寄托，"今后——愿你用变秋天为春天的精神，把祖国的荒沙，耕种成为美丽的园林！"他嘱咐儿子耕荒，用"变秋天为春天的精神"继续去"耕种"、去战斗。全诗围绕儿子"耕荒"的名字展开，揭示命名中赋予的意义和期望，表现出了革命烈士的乐观主义精神和对革命必胜的坚定信心。

93 白深富

花

我爱花。
我爱洋溢着青春活力的花，
带着霜露迎接朝霞。

不怕严寒，不怕黑暗，
最美丽的花在漆黑的冬夜开放。

它是不怕风暴的啊，
风沙的北国，
盛开着美丽的矫健的百花。

我爱花。
我爱在苦难中成长的花，
即使花苞被摧残了，
但是更多的
更多的花在新生。

一朵花凋谢了，
但是更多的花将要开放，
因为它已变成下一代的种子。
花是永生的啊，
我爱花，
我爱倔强的战斗的花。

花是无所不在的，
肥沃的地方有花，
贫瘠的地方有花。
在以太里
有无线电波交织的美丽的花；
在一切的上面
有我们理想的崇高的花。

我爱花，

我愿为祖国
开一朵绚丽的血红的花。

　　白深富烈士这首诗以花喻人，借花传递对美、生机、生命、革命精神的礼赞，平静的叙述中蕴藏着极大的心灵力量。白深富（1917—1949），早年肄业于中央大学，在校内目睹国民党反动派的倒行逆施，深为不满，因而追求光明，加入中国共产党。1940 年后，白深富利用在中学任教的机会，引导青年学生，暗中培养干部。1948 年在璧山被捕，1949 年在重庆被杀害。诗中"有无线电波交织的美丽的花"指的是秘密收听解放区广播时的喜悦。诗歌结尾点明主题，将心底深沉的爱升华至共产党人崇高的理想层面，庄严宣告，为了深爱的祖国，他甘愿奉献出自己的生命，做众多的绚丽的血红的花中的一朵。这首诗层层递进，饱含深情，没有丝毫呼喊式的语气，只是在铺陈回环的表述中将自己的心绪娓娓道来，诗中呈现出来的世界，有苦难和黑暗，更有花朵开放、不息生灭的温暖和绚烂，而恰恰是这种静水深流的表述方式，与作者对祖国、人民、革命事业深沉的热爱以及为之战斗到底的坚强意志形成反差，写出了血肉丰满的革命者的形象，生出了更强大的触动灵魂的力量。

94 黎又霖

狱中诗（之一）

革命何须问死生，
将身许国倍光荣。
今朝我辈成仁去，
顷刻黄泉又结盟。

　　这首诗是黎又霖烈士牺牲前两天在狱中写下的绝命诗。黎又霖（1895—1949），早年曾参加五四运动和北伐战争。全国抗战爆发后成为中共特别党员，后加入中国民主政团同盟，长期以民主党派身份为党工作。1949 年在重庆被捕，后被杀害，时年 54 岁。"革命何须问死生，将身许国倍光荣。"诗人投身革命，早已把生死置之度外，能够为国捐躯，诗人感到无比光荣。开门见山，把自己慷慨赴死如归乡的革命豪情淋漓尽致地表达出来了。"今朝我辈成仁去，顷刻黄泉又结盟。"形象地表明了作者对革命事业无限忠诚，至死不渝的心迹。即使化作鬼魂，也要在黄泉之下结成联盟，将反动的统治彻底埋葬！这个结句犹如空谷中一声惊天动地的长鸣，壮怀激烈，使人拍案叫绝，具有极大的艺术感染力。一个视死如归，正气凛然的共产党人的光辉形象，昂然挺立在读者的面前。

95 古承铄

无 题

假如山崩地裂，
假如天要垮下，
假如一动就会死，
假如有血才有花……
只要能打开牢笼，
让自由吹满天下，
我将勇敢上前，
毫不惧怕！

古承铄（1920—1949），早年毕业于重庆师范音乐科。1947 年加入中国共产党，担任《挺进报》刻写工作，并承担散发任务。次年被捕，因于重庆渣滓洞集中营，重庆解放前夕殉难于松林坡刑场，时年 29 岁。古承铄烈士既是诗人，又是音乐家，写过很多反对蒋介石政权反动统治的歌曲，如《薪水是个大活宝》等，解放前在群众中流传甚广。古承铄的诗歌风格大致可分两种，一种是口语化的讽喻诗，一种是铿锵的战歌。他善于把诗歌翻唱成歌曲进行传播，创作成就最高的时段是在 1946 年至 1949 年牺牲之前。《无题》便是在这一阶段创作的。此诗显然写于被捕后的监狱里，但诗里没有阴郁和悲伤，相反却有一种雄壮而不可遏制的气势和气概，即为了真理、正义、人类的幸福，我愿献出生命和一切的壮志豪情。这种浩然和凛然之气，不仅让这首诗歌有了光芒，更将这首短诗锻造成一柄坚实而锋利的短剑，迅捷而有力地刺向敌人的心脏，也同时摇撼了读者的心。作者直抒胸臆，前四句是排比，制造一个危难的情境，后四句是用自己的决心和勇气穿透这情境，也就是为了自由披荆斩棘，不畏艰难险阻！这就凸显了自由的宝贵，而最宝贵的是作者为了自由而自愿牺牲的舍身取义的精神和信念。这是一种境界，也是这首诗歌的剑尖，更是思想内核。所有这些，必将激励着后来者为了伟大理想不屈不挠地奋斗下去。

96 何敬平

把牢底坐穿

为了免除下一代的苦难，
我们愿——
愿把这牢底坐穿！
我们是天生的叛逆者，
我们要把这颠倒的乾坤扭转！
我们要把这不合理的一切打翻！
今天，我们坐牢了，
坐牢又有什么希罕？
为了免除下一代的苦难，
我们愿——
愿把这牢底坐穿！

这首饱含着信念与激情的诗作，是何敬平烈士在渣滓洞集中营里创作的。何敬平（1918—1949），早年在重庆从事抗日救亡活动。1945 年加入中国共产党，并任地下党支部组织委员。1948 年 4 月被敌人逮捕。重庆解放前夕，被敌人杀害于渣滓洞集中营，时年 31 岁。试想，在充满了黑暗、死亡阴影的牢房里，革命者们组织诗社，把诗歌当成自己的武器向敌人宣战，这是何等的浪漫！它是革命者吹响的号角，是他们在那个黑暗的年代里，为未来点燃的灯盏。这灯光在暴风疾雨之中，像无法被扑灭的火焰，它让囚禁在黑暗中的每个人心里有了方向。作者开门见山地喊出他坐牢的意义所在："为了免除下一代的苦难"——一句诗便表明了一个革命者那无私奉献的决心，没有一丝犹豫，也没有一点退缩。他们这代人的牺牲就是为了下一代的幸福，他将此看成是自己的天职，是无尚的荣耀。接下来的三句诗表达了革命者那大无畏的英雄气概，一个天生的叛逆者，是不容许这个世界存在不公与污浊的。他要把这乾坤扭转过来，因为这是个被颠倒的世界。这是一场天翻地覆的斗争，只有彻底打碎旧秩序，才能迎来一个新天地。具体地说，用自己的血肉，甚至生命，把一切不合理的、不符合人性的、不人道的制度打翻。这是何等的气魄，何等的胸怀！结尾的一段，作者采用了复唱的方式，流露出对牢狱的轻蔑，带一丝不经意的嘲讽。与开头相呼应，是有力的强调，是对信仰的再次确认：为了免除下一代的苦难，我们愿——愿把这牢底坐穿！

97 刘国鋕

就义诗

同志们，听吧！
像春雷爆炸的，
是人民解放军的炮声！
人民解放了，
人民胜利了！
我们——
没有玷污党的荣誉！
我们死而无愧！
………………

刘国錤（1921—1949），出身于豪门望族，是小说《红岩》中刘思扬的人物原型。他于1940年加入中国共产党。曾在中共中央南方局安排下，参与领导陪都青年联谊会和青年民主社两个进步团体，利用有利条件积极开展党的地下工作，是《挺进报》的重要发行者之一。1948年4月被捕后囚于重庆白公馆集中营，次年慷慨就义于松林坡刑场，时年28岁。他被捕后，亲友多次利用上层社会关系进行营救，五哥刘国琪两次拿重金赎他出去，敌人只要他在悔过书上签字就可立即放人，但都被他拒绝了。刘国錤说："要释放必须是无条件的！只要有组织存在，我死了等于没死；出卖组织，活着又有什么意义！"这首《就义诗》，是他在刑场上对这个黑暗的世界慷慨激昂发表的诀别词，凄美悲壮，短小精悍，情感真挚，豪情满怀，抒发了一个革命者愿为理想和信念献身的壮烈情怀，也暗含着对敌人残暴行径的愤慨与蔑视。刘国錤对革命始终充满必胜的信心，那时他已隐隐听到人民解放军春雷般的隆隆炮声，因而从心底发出"人民解放了，人民胜利了！"的呼喊，内心的喜悦之情直泻而出。最后一句"我们死而无愧！"令人震撼，使人感慨。而对于死，刘国錤早有心理准备，所以面对敌人的严刑拷打和重重诱惑，他毫不动摇，视死如归，体现了一个共产党人"宁为玉碎，不为瓦全"的高贵品格和坚贞气节。这首诗是一个有伟大信仰的人，对自由的最后呼唤。

98 许晓轩

赠 别

相逢狱里倍相亲，
共话雄图叹未成。
临别无言唯翘首，
联军已薄沈阳城。

　　这首诗于 1947 年底写于重庆白公馆集中营。许晓轩
（1916—1949），1938 年加入中国共产党，在中共川东特
委从事宣传工作。1940 年调任重庆新市区区委书记，同年
被捕。1949 年被杀害于重庆白公馆集中营，时年 33 岁。
在长达九年的牢狱生活中，面对敌人的严刑拷打、残酷折
磨和威逼利诱，始终坚贞不屈，大义凛然。他以他的气节

和精神，感染和鼓舞着狱中与他共同战斗的难友。长篇小说《红岩》中许云峰、齐晓轩等人物形象，就是以他为原型的。据记载，许晓轩临刑前，高举双手，向牢房的战友道别，平静地对大家说："胜利以后，请转告党，我做到了党教导我的一切，在生命的最后几分钟仍将这样。"

写下这首诗时，许晓轩与李子伯等同志正筹划集体越狱，后李子伯等被移关他处，许晓轩乃作此诗赠别。"相逢狱里倍相亲"，朋友相逢，是令人愉悦的。许晓轩与李子伯狱中相逢，虽身陷囹圄，环境险恶，共同的革命理想却使他们一见如故，倍感亲切。"共话雄图叹未成"，"雄图"从小处看，喻指他们策划的集体越狱活动；从大的方面说，是指狱外如火如荼的革命大业。他们相逢，并未对自身的命运感到悲苦，也不为监狱的凄惨遭遇而哀怨，而是时时刻刻关心革命的雄图大业，叹息革命的事业还未成功。"临别无言唯翘首，联军已薄沈阳城"，临近分别相互无言，唯有仰起头来眺望远处，原来东北民主联军已迫近沈阳城。"翘首"，表现出盼望的殷切。唐韩愈说："天下翘首，以望太平"，许晓轩和他的战友们也同样包含着这样的期许，因为这是他们甘洒热血的革命原动力。

赠别诗，大都哀怨伤神，凄婉缠绵；但许晓轩这首赠别诗，情感深沉，寄寓深切。表达了对革命事业终将胜利，劳苦大众终获解放的坚定信念，沉静中洋溢着温暖的革命乐观主义精神。

99 余祖胜

向遥远的地方思念

抬起我沉痛的头，
遥望着那远远的天边，
没有谁向我唱出有力的歌声，
为什么是那样软弱，
我们为什么都停留在阴暗的地方？

不要把眼泪流在破烂的衣上，
都有着一个完整的灵魂，
应该放开我们的歌喉，

唱出我们的悲愤，

为什么自己的天边永不给我一个召唤？

流着那苦痛的眼泪，

我们应该尊惜最后的一滴，

让它在微笑的时候流出来，

我们不要沉醉静的宇宙，

玩味着那美的浪漫的蒂克。

我整起了我的旅囊，

向着那自由的领域，

跨过那黑暗崎岖的道路，

明天，我第一个看见东方发出的曙光。

　　这首诗创作于 1947 年 9 月 29 日，抒发了对黑暗现实的悲愤和抗议，表达了对光明新世界的憧憬和追求。作者余祖胜（1927—1949），早年做过童工，1947 年加入中国共产党，次年因叛徒出卖被捕。重庆解放前夕，被国民党杀害于渣滓洞集中营，时年 22 岁。1946 年，余祖胜失学在家，他在彷徨和苦闷当中开始写诗歌，并以苍扉为笔名在《新华日报》上发表了《丐童》一诗。他同情生活在社会底层的人们，想尽力帮助他们，但因自身能力所限，只能把这种愿望和情绪表达在诗歌当中。此后，他又陆续写了大量诗歌，以揭露黑暗的社会现实。这首诗就是最具代表性的一首。全诗共四小节，头两节以诘问方式描写旧社会的黑暗和人们处于白色恐怖下的苦闷焦虑，表达了一个独立完整的灵魂渴望自由和光明的心声。后两节号召人们起来反抗，表现出作者高度的觉悟和革命乐观主义精神。"我整起了我的旅囊"，说明他已经付诸行动，前进在革命道路上。"那自由的领域"是作者的信仰和共产主义理想，"跨过那黑暗崎岖的道路"喻指斗争的艰苦曲折与坚持奋斗的决心。"明天，我第一个看见东方发出的曙光"表露了作者对革命必胜的信心。这首诗先抑后扬，从现状的沉痛到自身的觉醒，再到进一步付诸实际行动，层层递进，极具号召力。

100 周从化

仗剑虎山行

神州嗟浩劫，
四族胜狼群。
民生号饥寒，
民权何处寻？
兴亡匹夫志，
仗剑虎山行。
失败膏黄土，
成功济苍生。

1948 年周从化带着筹建中国国民党革命委员会的初步
方案三次赴渝，征求杨杰意见。临行，友人提醒他，重庆
蒋帮特务密布，要特别谨慎行事。周从化表示："天下兴亡，
匹夫有责。为了革命，龙潭虎穴，何所惧哉！"而后，写
下这首诗以抒怀。周从化（1896—1949），早年曾任刘湘
部第 21 军团长、参谋处长，抗日战争期间任国民党第七
战区长官司令部及川康绥靖公署参谋处长、第 23 集团军
总司令部参谋长。后加入中国共产党、中国国民党革命委
员会。1949 在成都被捕后就义，时年 53 岁。这首诗一、
二句写民族危亡；三、四句写人民的呐喊和寻求救国之路；
五、六句写国家兴亡，匹夫有责；七、八句写甘愿以一己
之躯，济天下苍生。被捕后，周从化在狱中坚贞不屈。重
庆解放后，人们在周从化被关押的白公馆"平三室"牢房
墙壁上，发现了烈士用竹筷刻就的诗句："失败膏黄土，
成功济苍生。"见者无不肃然起敬。

后　记

　　参加本书编写工作的有：刘荣刚、刘学礼、朱昌裕、张东明、吴志军、王婧倩、陈宇赫、刘媛、张伟、商震、李少君、刘立云、车延高、姜念光、谢建平、殷实、蓝野、阎延文、刘能英、韦树定、聂权、王单单、刘年、陆健、彭敏、赵四、李犁、黄恩鹏、程步涛、宋晓杰、隋伦、冯娜、霍俊明、李琦、荣荣、李元胜、唐力、李轻松、李其文、田禾、梁粱、唐小米、刘明杰、谌虹颖、马新朝、贺捷生、陈仓、李林芳、周所同、吴国平、朱向前、简明、大解、钱利娜、曾凡华、张巧慧等同志。中央党史研究室宣传教育局和《诗刊》杂志分别组织撰写了先烈生平和作品赏析。在本书的编写过程中，得到了中国国家博物馆、重庆红岩革命纪念馆等单位的大力支持。陈瑞峰、常成、任贵祥同志具体负责组织和统稿工作。黄坤明同志审阅全部书稿。

编　者

2016 年 4 月